버스 정류장

車站

BUS STOP
MONOLOGUE
WILD MAN
by GAO Xingjian

세계문학전집 71

버스 정류장

車站

가오싱젠

오수경 옮김

민음사

일러두기

1 이 책은 『高行健戱劇集』(群衆出版社, 1985)을 저본으로 「버스 정류장」(1982), 「야인」(1984), 그리고 「독백」(1984) 세 작품을 선택해 번역했다.

2 본문의 모든 각주는 역주다.

차례

버스 정류장   7

독백   85

야인   111

부록   221

현대 연극의 추구   223
「버스 정류장」 공연에 대한 몇 가지 제안   232
「야인」 공연에 대한 설명과 제안   235

작품 해설   239
옮긴이의 말   249
작가 연보   253

버스 정류장

버스 정류장[車站][1]

등장인물　말 없는 사람(중년)

　　　　　노인(60세가량)

　　　　　아가씨(28세)

　　　　　덜렁이 청년(19세)

　　　　　안경잡이(30세)

　　　　　아이 엄마(40세)

　　　　　숙련공(45세)

　　　　　마(馬) 주임(50세)

　　　　　(인물들의 나이는 무대 등장 시의 나이이다.)

---

1) 1981년 7월 초 베이다이허[北戴河]에서 초고를 쓰고 1982년 11월 베이징에서 탈고하다.

장소   교외의 한 버스 정류장

무대 중앙엔 버스 정류장 팻말 하나가 세워져 있다. 정류장 팻말
은 오랫동안 비바람에 지워져 글자가 잘 보이지 않는다. 정류장 팻
말 옆에는 철제 난간이 세워져 있다. 버스를 기다리는 승객들은 이
난간 안에서 줄을 서서 차례를 기다린다. 철제 난간은 십자 모양으
로, 동서남북 각 단의 길이가 모두 달라 상징적인 의미가 있는 듯하
다. 사거리를 의미하기도 하고, 인생의 교차점인 듯 보이기도 하며,
각 인물의 인생 여정 중의 한 지점을 나타내는지도 모른다. 각기 다
른 방향에서 사람들이 등장한다.

말 없는 사람은 손가방을 끼고 등장하여 차를 기다리고, 노인은
빈손으로 등장한다.

노인   차, 막 지나갔소?

말 없는 사람, 끄덕인다.

노인   당신도 시내 가시우?

말 없는 사람, 고개를 끄덕인다.

노인   토요일 오후에 시내 나가려면 서둘러야지, 퇴근
            시간 되어서 차 타려면 어찌나 붐비는지 아예 못
            타요.

말 없는 사람, 미소 짓는다.

노인   (뒤돌아보며) 그림자도 안 보이네. 토요일 오후엔
모두들 시내에 들어가려 하는데, 버스는 더 적으
니 말이야. 한발만 늦어서 러시아워에 걸려 보쇼.
말 말아요! 사람들이 모두 퇴근하는 바로 그 시
간에 걸렸다 하면 굉장하지. 다들 마구잡이로 밀
어 대는데, 당신같이 젊은 사람은 그래도 힘이라
도 있지. 우리 나이엔 정말 방법이 없어요! 내 오
늘은 좀 일찍 나온 편이야. 조금 일찍 퇴근하려는
사람들도 아직은 낮잠에서 깨지도 않았을걸. 난
낮잠 잘 엄두도 못 낸다니까. (숨을 돌리며 하품을
한다.) 만약 오늘 저녁 일이 있어서 시내에 꼭 가
야 하는 게 아니라면, 절대 이 러시아워에는 안
갈 거요. (담배를 꺼내며) 담배 피우시오? (말 없는
사람, 고개를 젓는다.) 안 피우는 게 좋지. 돈은 돈
대로 쓰고 기관지염 얻는 건 물론이고, 좀 좋은
담배 한번 피워 보려면 워낙 비싸서 말이야. 말이
나온 김에 말인데, '대전문'[2]이 나왔다 하면 줄이
큰길까지 뻗어, 몇 굽이는 꺾인다니까. 또 한 사람
이 두 갑 이상을 못 사지. 거의 내 차례다 싶으면

---

2) 대전문(大前門)은 1970~1980년대 중국의 고급 담배로 일반 서민은 사
기가 힘들었다.

팔던 이가 고개 돌리고 가 버려. 물어도 대꾸도
안 하지. 이런 게 '고객을 위한 서비스'인가? 앞에
서만 그럴듯하게 보이는 거지. 저 '대전문'은 사실
다 뒷구멍으로 빼내거든. 버스 타는 것과 다를 게
하나 없어. 줄 잘 서 있다가도 누군가 빠져나가서
앞으로 가 기사한테 손 한번 흔들면 앞문을 열어
주지. 그 사람은 뭔가 관계가 있는 사람인 거지.
흥! 당신이 따라가면 덜컹 앞문을 닫아 버려. 이
게 바로 '고객을 위한 서비스'라는 거지. 눈 부릅
뜨고 노려봐도 별수 없어! (무대 한쪽을 바라본다.)
자, 사람들이 오는구먼. 앞에 서시오, 난 당신 뒤
에 설 테니. 그래 봐야 조금 있다 차 오면 줄이고
뭐고 모두 엉망이 되겠지. 힘센 사람이 자리 차지
할 것이고, 다 그렇게 돌아간다니까!

말 없는 사람, 미소 짓는다.
아가씨가 핸드백을 들고 등장하여, 이들에게서 조금 떨어진 곳에
선다.
덜렁이 청년이 난간 위에 걸터앉아 주머니에서 필터 담배를 꺼내
라이터로 불을 붙인다.

노인   (말 없는 사람을 향해) 보시우, 내 말대로지, 이렇다
       니까!

말 없는 사람, 인정한다는 듯 손가락으로 난간을 친다.

청년　기다린 지 얼마나 됐어요?

노인, 못 들은 척한다.

청년　차가 얼마 만에 한 대씩 오죠?
노인　(기분 나쁜 투로) 버스 회사에 가서 물어보게.
청년　웃기는군, 당신한테 물었잖아요.

말 없는 사람, 가방에서 책을 꺼내어 읽기 시작한다.

노인　나한테 물은 거라고? 내가 배차원이라도 되나?
청년　그저 기다린 지 얼마나 되었냐고요?
노인　젊은이, 그런 식으로 물으면 안 되지.
청년　(뭔가를 깨닫고서는) 할아버지.
노인　내가 왜 네 할아버지냐?
청년　(놀리듯) 저 그럼 영감님…….
노인　일없어.

청년은 흥이 깨져서, 휘파람을 불기 시작한다. 옆으로 노인을 힐끗 쳐다보곤 두 다리를 흔들거린다.

노인　이건 줄 설 때 기대는 난간이지, 앉는 곳이 아니야.

청년　좀 앉으면 어때서요? 삼대 묶어 놓은 것도 아닌데.

노인　난간이 휘어진 것도 안 보이나?

청년　내가 앉아서 휘기라도 했나요?

노인　그렇게 앉아서 흔들거리는데 어디 견뎌 나겠어?

청년　이게 당신 거라도 되나요?

노인　이건 모두의 거니까 그러는 거야.

청년　웬 잔소리? 그런 잔소리는 집에 가서 할머니한테
나 퍼부으시지! (더 심하게 흔들거린다.)

노인　(화를 누르며 어렵사리 대꾸를 참고, 말 없는 사람에게
몸을 돌려) 이것 좀 봐요…….

　말 없는 사람은 그저 책만 볼 뿐, 그들의 대화에는 전혀 관심이
없다. 안경잡이가 뛰어온다.

노인　(아가씨를 향해) 줄 서요. 조금만 있으면 엉망이 될
테니.

　청년이 난간에서 뛰어내려 앞으로 밀고 나가 아가씨 앞에 와 선다.
아이 엄마가 큰 손가방을 들고 쩔쩔매며 급히 등장한다.

노인　그래도 먼저 온 사람이 있고 나중 온 사람이 있는
데 말이야.

아가씨　(노인을 향해 거의 들리지 않는 소리로) 괜찮아요,
전 여기 서면 돼요.

차 소리가 들린다. 한 숙련공이 공구 배낭을 들고 성큼성큼 들어와 맨 뒤에 선다. 차 소리가 점점 가까워진다. 사람들이 모두 차가 오는 방향을 쳐다본다. 말 없는 사람, 책을 접어 넣는다. 사람들, 모두 앞으로 이동한다.

아가씨   (안경잡이를 보고) 밀지 말아요!
노인   줄 좀 서요! 모두 줄 좀 서라고.

부르릉거리는 버스가 모두들 앞으로 지나간다. 청년이 갑자기 노인과 말 없는 사람을 지나 앞으로 뛰어나간다.

사람들   (청년과 부딪히며) 어이! 어이…… 멈춰…….

버스는 멈추지 않는다.

사람들   차 세워! 왜 차를 안 세우는 거야? 어이…….

청년이 몇 걸음 따라가지만, 차 소리는 점점 멀어진다.

청년   빌어먹을!
노인   (분개하여) 이렇게 몰려드니 차를 세울 수가 없지!
아이 엄마   저기, 앞에 줄 좀 서요!
안경잡이   (청년을 향해) 줄 서요, 줄, 안 들려요?
청년   내가 뭐 못 할 일 했나? 어쨌든 당신 앞인걸.

아이 엄마	몇 사람 되지도 않는데, 줄 서서 순서대로 타면 좀 좋아?
안경잡이	(청년에게) 자넨 이 사람들 뒤에 서야지.
노인	(말 없는 사람을 보고) 정말 교양 없군.
청년	그러는 영감님은 교양 있어요?
아이 엄마	줄도 안 서더니 그래도 잘났다고?
노인	(조리 있게) 자네가 차를 기다리는 데 줄도 서지 않으니 교양이 없다는 거지!
청년	발이 가렵거든 할머니한테나 긁어 달라고 하세요. 나한테 왜 시비예요?
아이 엄마	젊은 사람이 그렇게 무례하게 굴면 못 써.
안경잡이	다들 네게 줄 서라고 하잖아? 왜 이렇게 말이 안 통해?
청년	누가 줄을 안 섰다고 그래요? 차가 안 서니까, 왜 나한테 그러세요?
안경잡이	넌 사람들 뒤에 서야 해!
청년	당신 앞에 서면 돼요.
노인	(화가 나서 부들부들 떨며) 줄 서!
청년	그렇게 큰소리치면 내가 뭐 무서워할까 봐서요?
노인	한 대 치고 싶은가 보지?

말 없는 사람, 걸어가 두 사람 앞에 선다. 청년은 그의 건장한 체구를 보고 겁을 먹은 듯, 한발 뒤로 물러선다. 그래도 기세를 꺾지 않고 난간에 기대선다.

청년   차를 세울 재간 있으면 세워 보시죠. (난간에 기대어 흔들거린다.)

노인   젊은이, 학교 헛 다녔구먼.

청년   헛 다녔으면 또 어때요? 그렇게 먹물 많이 잡수신 분이 어째 자가용을 안 타세요?

노인   줄 서는 게 뭐 창피한 일인가? 이건 공중도덕이지, 학교에서 선생님들이 그런 것도 안 가르치던?

청년   그런 과목 없어요.

노인   부모님께서도 안 가르치셔?

청년   영감님도 어머니께서 가르치셨을 텐데, 어째 차도 못 타셨어요?

노인, 말문이 막혀 말 없는 사람만 바라본다. 말 없는 사람은 또 책을 보기 시작한다.

청년   (의기양양해서) 만약 차를 못 타시면, 영감님도 인생 헛사신 거네요.

안경잡이   다들 기다리는 중이야, 좀 생각을 해봐.

청년   이게 줄 선 거 아니면 뭐예요? 당신 앞에 섰잖아요.

안경잡이   다른 사람들보다 늦게 왔잖아. (아가씨를 가리킨다.)

청년   아가씨가 먼저 타면 되는 거죠, 차가 오면 재빠르게 타면 될 거 아니에요?

아가씨   (청년에게서 몸을 돌리며) 기가 막혀!

청년   (노인에게) 영감님이 밀고 올라갈 수 있으면 차 타는 거고, 못 탔다고 절 나무라진 마세요. 못 타면 그만이지, 뒷사람들까지 막고 있진 마시라고요. 영감님처럼 수준 높으신 분이 이런 버스 타는 법을 모를 리 있겠어요? 학교라곤 고작 며칠 다녀 본 저희 같은 사람들도 버스는 탈 줄 알거든요.

차 소리가 들린다.

아이 엄마   차가 오니 줄 서요, 줄.
청년   (난간에 기대서서 아가씨를 향하여) 내 지금은 아가 씨 뒤에 서 있지만, 좀 있다 못 올라타면 그땐 내 가 밀고 나가도 뭐라 하지 마세요.
아가씨   (이맛살을 찡그리며) 내 앞에 서는 게 낫겠군요.

차 소리가 점점 가까워진다. 말 없는 사람, 책을 넣는다. 줄곧 땅에 쭈그리고 앉아 있던 숙련공도 자리에서 일어난다. 사람들, 난간을 따라 앞으로 다가선다.

안경잡이   (아가씨를 향해) 바짝 붙어서서, 버스 문 손잡이를 꼭 잡도록 해요.

아가씨, 그를 한번 쳐다만 보고 대꾸를 않는다. 사람들, 차가 가는 방향으로 다가간다. 청년은 난간 밖 아가씨 뒤쪽에 있다.

노인	차 세워요! 차 세워!
안경잡이	어이…… 차 세워요!
아이 엄마	하루 종일 기다렸는데!
아가씨	앞차도 안 섰는데.
청년	제길!
숙련공	헤이!

사람들 차를 쫓아 무대 한쪽 구석까지 간다. 청년, 갑자기 앞으로 뛰어나간다. 안경잡이, 그를 붙잡는다. 청년이 손을 뿌리치자, 안경잡이가 그의 소매를 붙잡는다. 청년 몸을 돌려 한 대 때린다. 차 소리 멀어져 간다.

| 안경잡이 | 사람을 쳐! |
| 청년 | 그래 쳤다. 어쩔래? |

서로 때리고 싸운다.

노인	사람을 치네! 사람을 쳐!
아이 엄마	요즘 젊은 사람들이란!
아가씨	(안경잡이를 향해) 저런 사람 상대하지 마세요!
안경잡이	망나니 같으니라고!
청년	(달려들며) 이게!

말 없는 사람과 숙련공이 둘을 떼놓는다.

숙련공	그만둬! 그만! 밥 먹고 할 일이 그렇게 없어?
안경잡이	나쁜 자식!
청년	네미 빌어먹을!
아이 엄마	저런 소릴 하고도 어쩜 부끄럽지도 않나 봐.
청년	누가 내 옷 함부로 잡아당기라고 했어?
안경잡이	난 그저 살짝 당겼을 뿐이야. 왜 줄을 안 서냐?
청년	누구 앞에서 폼 잡는 거야? 해볼 테면 저쪽에 가서 한번 붙어 볼 테야?
안경잡이	겁낼 줄 알고? 나쁜 자식!

청년, 또다시 달려든다. 숙련공한테 손목이 잡혀서 꼼짝도 못 한다.

숙련공	왜 소란이야, 뒤에 가 줄 서.
청년	무슨 상관이야?
숙련공	뒤로 가! (청년 손을 비틀어 잡고, 줄 맨 뒤로 끌고 간다.)
노인	맞아요, 소란 좀 못 피우게 하시오. 이러다간 모두 다 차를 못 타겠어요. (말 없는 사람을 향해) 자알 됐다.

말 없는 사람, 듣지 못하고 또 책을 본다.

청년	난 저 앞이란 말이에요! 당신들만 모두 시내에 가고, 나만 못 가게 하려고?

| 아이 엄마 | 아무도 널 못 가게 막지 않았어. |
| 노인 | (아이 엄마를 향해) 모두들 일이 있어 시내 가는 건데 혼자 저렇게 소란을 피워 대니. 꼭 차 탈 때 저런 식으로 소란을 피워 소매치기하는 경우도 많으니 조심해야 합니다. |

말 없는 사람과 숙련공을 제외하고 모두 지갑을 만진다.

| 청년 | 잘났어 정말! 촌뜨기 같으니라고! |

아가씨와 아이 엄마, 서로 바라보며 웃는다. 노인, 못마땅하게 그들을 바라본다.

아이 엄마	(얼른 화제를 돌려 안경잡이에게) 그와 치고받을 필요는 없었어요. 싸움이 붙으면 댁만 손해지요.
안경잡이	(영웅처럼) 저렇게 소란 피우는 애들 몇 있으면 다들 차 탈 생각도 못 하는 거죠. 아주머니도 시내 나가시나 보죠?
아이 엄마	남편과 아이가 모두 시내에 있어요. 토요일에는 정말 차 타기 힘들어요. 차 타는 게 한바탕 전쟁하는 것 같다니까요.
안경잡이	왜 시내로 직장을 좀 옮겨 달라지 않고요?
아이 엄마	난들 그러고 싶지 않겠어요? 그것도 통할 길이 좀 있어야죠, 글쎄.

아가씨   두 대나 그냥 지나쳐 버렸어요, 서지도 않고.

안경잡이   종점에서 벌써 만원이 돼서 출발한걸요. 당신도 시내에 볼일 있으신가 보죠?

아가씨, 고개를 끄덕인다.

안경잡이   사실 종점에서 타는 것이 훨씬 나을 거예요. 어디 사세요?

아가씨, 경계하듯 그를 힐끗 쳐다보고 대답하지 않는다. 안경잡이는 그녀의 관심을 끌지 못하자 무안한 듯 안경을 추어올린다.

말 없는 사람, 책을 덮고 차가 오는 방향을 바라본다. 좀 초조해하며 다시 책을 들여다본다.

노인   정말 속 타는군. 7시까지는 시내 문화센터에 가야 하는데.

아이 엄마   정말 멋지시네요, 시내에 연극 보러 가세요?

노인   에이 그런 복 많은 소리 말아요. 연극은 도시 사람들이나 보라고 하쇼. 난 장기 두러 갑니다.

아이 엄마   뭐라고요?

노인   장기 두러 간다고. 차 마 포, 몰라요? 장이야!

아가씨   아, 장기 말이군요. 영감님은 장기에 취미가 있으신가 보군요!

노인   아가씨, 난 한평생 장기를 두었지.

안경잡이	사람은 각자 자기 취미가 있기 마련이지요. 그런 열정이 없다면 정말 무미건조할 거예요.
노인	아무렴, 말 한번 잘했어! 난 장기책이란 장기책은 다 연구했지, 『장천사비전장기법대전[張天師秘傳棋法大全]』부터 새로 출판된 『장기일백국해제[象棋殘局一百解]』까지 말이야, 하나도 틀리지 않게 기본 기법 시범을 다 보일 수 있다고. 당신도 장기 두시우?
안경잡이	가끔 심심풀이로요.
노인	심심풀이로만 해서 되나, 이것도 연구가 필요해, 아주 전문적인 학문이라니까!
안경잡이	그렇죠, 장기 잘 두는 것도 쉬운 건 아니죠.
노인	이묵생이라고 들어봤소?
아이 엄마	(숙련공의 배낭이 자신의 가방에 걸쳐진 것을 보고, 자신의 가방을 가까이 당기면서) 저어 목수신가 보죠?
숙련공	예.
안경잡이	어떤 이묵생이오?
아이 엄마	토요일도 일하세요?
숙련공	(귀찮은 듯 대답한다.) 예.
노인	장기도 좀 둔다며 이묵생을 모른단 말이오?
안경잡이	(미안해하며) 글쎄 기억이…….
아이 엄마	의자 다리도 고치나요? 우리 집에…….
숙련공	(마주 받아) 우린 가구 세공을 합니다.
노인	석간신문도 안 보나?

안경잡이	요즘 대학 입시 준비로 공부하느라 바빠서.
노인	(흥이 가시는 듯) 그럼 자네 아직 입문도 하지 않았구면.
아이 엄마	(아가씨를 향해 보며) 집이 시내에 있나 보죠?
아가씨	아니요, 볼일이 있어서요.
아이 엄마	(다시 묻는다.) 친구와 약속 있나 보죠?

아가씨, 부끄러운 듯 고개를 끄덕인다.

아이 엄마	그 친구는 사람 됨됨이가 좋은가 보지? 무슨 일 하는데?

아가씨, 고개를 떨구곤 발끝으로 땅에다 그림을 그린다.

아이 엄마	빨리 큰일을 치러야겠네?
아가씨	무슨 말씀이세요? (핸드백에서 손수건을 꺼내 부채질을 한다.) 아니 차가 왜 이렇게 안 오지?
안경잡이	배차원이 수다 떨러 가서 시간을 잊어버린 모양이군.
아이 엄마	이러고도 '고객을 위한 서비스'라고?
노인	거꾸로 승객들이 그들을 위해 서비스하는군! 정류장에 아무도 기다리지 않는다면, 그들이 나타나겠어? 인내심을 갖고 기다려야지.
아이 엄마	이만한 시간이면, 한 통 가득한 빨래 다 하고도

남겠네.

아가씨   토요일에 집에 돌아가서 세탁까지 하셔야 하나
보죠?

아이 엄마   이게 바로 결혼 생활이라는 거지. 남편이라곤 책
보는 것 말고 아무것도 할 줄 모르거든. 작은 손
수건 하나도 깨끗이 못 빤다니까. 배우자를 고를
때 이런 책벌레는 찾지 말아요. 일 좀 할 줄 아는
사람이라면 벌써 마누라 직장을 시내로 옮겨 놓
았겠지.

노인   당신 스스로 그렇게 선택한 거지. 남편보고 교외
로 옮겨 오라고는 하지 않을 테니까. 매주 이렇게
차 기다리고 타는 것, 어디 견디겠소?

아이 엄마   아이가 있거든요, 모두 우리 배이배이를 위해서
죠. 교외의 학교 수준을 모르시진 않을 거예요.
대학 가는 애가 몇이나 있겠어요? (청년을 보고 입
을 삐죽거린다.) 우리 아일 저렇게 놔두어서 앞날
을 망칠 순 없으니까요.

차 소리가 들린다.

아가씨   차 와요!

안경잡이   진짜네, 게다가 빈 차야!

아이 엄마   (가방을 챙겨든다.) 밀지 말아요, 자리 많으니까 우
리 모두 앉아 갈 수 있어요.

청년   (노인에게) 발밑을 잘 살피세요. 괜히 넘어져서 지
　　　　　갑 잃어버리고 차표도 못 사서 망신당하지 마시
　　　　　고요.

노인   이봐 청년, 혼자 난 척 좀 그만하게. 자네 눈에서
　　　　　도 눈물 날 일 있을 테니. (사람들을 향해) 서둘지
　　　　　말고, 줄들 잘 서요.

사람들, 정신 차리고 똑바로 줄 선다. 차 소리, 점점 가까이 들린
다. 마 주임, 외투를 열어젖히고 두 손을 흔들거리며 등장하여, 정류
장 앞쪽으로 걸어 나간다.

사람들   이봐요, 줄 서요! 어쩜 저럴 수가 있지? 공중도덕
　　　　　도 모르나, 뒤로 가 줄 서요!

마 주임   (아무렇지도 않게) 좀 보는 거예요, 당신들 줄이나
　　　　　서요.

안경잡이   버스 본 적 없어요?

마 주임   당신 같은 사람은 본 적 없소. (그를 똑바로 한번
　　　　　쳐다보고) 사람 찾는 거요.

버스가 사람들을 그냥 지나쳐 간다. 마 주임, 통통통 정류장 앞으
로 달려 나간다.

마 주임   (손을 흔들며) 어이! 어이! 왕 씨! 왕 기사! 나 공급
　　　　　판매 합작사의 마가요!

사람들 뒤엉켜서 손을 흔들며 차를 쫓아간다.

안경잡이　왜 차를 안 세우는 거야?

아가씨　몇 대째 계속 이러네. 얼른 차 좀 세워요!

아이 엄마　차 안에 사람도 별로 없던데, 왜 안 서지?

마 주임　(앞을 가리키며, 쫓아가며 소리친다.) 가는 김에 한
　　　　사람만 태워 줘, 앞문만 열어요! 나 공급 판매 합
　　　　작사 마가요! 나 한 사람이라도…….

노인　(가리키며 욕을 한다.) 저렇게 차를 몰다니. 그러고
　　　도 승객을 위한다고?

숙련공　제길!

청년　(돌 하나를 주워 들어 던진다.) 가만 안 두겠어!

차 소리, 멀어진다. 말 없는 사람, 어이없이 쳐다본다.

마 주임　좋아! 당신들 버스 회사 다시 날 찾아와 보기만
　　　　해라.

노인　공급 판매 합작사 마 주임이시오?

마 주임　(거만한 태도로) 무슨 일이시오?

노인　운전사를 아시오?

마 주임　바뀌었나 봐요. 얼어 죽을 실용주의.

노인　주임이 얘길 했는데도 안 되나요?

마 주임　체, 그만둡시다. 이런 관계라는 게, 참. 버스 회사
　　　　에서 이제 다시 오기만 해 봐라, 나도 곧이곧대로

만 할 테니. (담배를 꺼내며) 담배 피우시겠소?

노인   (담배 상표를 힐끗 보고는) 아니오, 감사합니다. 나 올 때 돋보기를 잊고 나왔어요.

마 주임   '대전문'이오.

노인   이 담배 구하기가 쉽지 않죠.

마 주임   그래요. 그저께 버스 회사에서 날 찾아왔었지요, 그때 내가 스무 줄을 가져가도록 해 줬는데. 정말 장난이 아니라고.

노인   내게도 한 줄만 가져가게 해 주시오.

마 주임   이렇게 달리는 물건은 참 곤란해요.

노인   '대전문'이 이렇게 다 뒷구멍으로 거래되고 있으니, 버스도 서야 할 정류장에서 서지를 않지.

마 주임   무슨 뜻이오?

노인   아무것도 아니오.

마 주임   아무것도 아니라는 게 무슨 뜻이오?

노인   아무것도 아니오.

마 주임   아무것도 아니란 게 무슨 뜻이냐니까요?

노인   아무것도 아닌 건 아무것도 아닌 거지.

마 주임   아무것도 아닌 게 아무것도 아닌 거란 말은 아무것도 아닌 게 아니지!

노인   그럼 당신은 무슨 뜻이라는 거요?

마 주임   당신 그 아무것도 아닌 게 아무것도 아니란 말의 숨은 뜻이 분명하잖소? 당신은 주임인 내가 나서서 뒷거래한단 말을 하고 싶은 거 아니오?

노인   그건 당신이 한 말이오.

말 없는 사람, 짜증스럽다는 듯 왔다 갔다 큰 걸음으로 오간다.

안경잡이   (영어 단어장을 읽는다.) 북, 피그, 데스크, 도그, 피그, 도그, 데스크, 북······.

숙련공   당신이 읽는 영어는 어느 나라 영어요?

안경잡이   영어가 다 영어지 어느 나라 영어는 없어요. 아, 내가 읽는 건 미국식 발음이에요. 영국 사람 미국 사람 모두 영어를 쓰는데, 발음이 좀 다르지요. 예를 들면 '내가'라는 말도 당신은 '지가'라고 하고, 저 사람은 '나가'라고 하는 거나 마찬가지죠. 지금 대학 들어가려면 다 외국어 시험을 보거든요. 예전엔 배우지 않았으니, 할 수 없이 처음부터 시작할 수밖에요. 마냥 차만 기다리며, 시간 낭비할 순 없잖아요.

숙련공   책이나 봐요, 어서.

아이 엄마   (아가씨와 동시에 관객을 향하여 혼잣말로)[3] 우리 배이배이가 내가 와서 경단 만들어 주기를

---

3) 옆줄로 묶인 부분은 몇 명의 배우가 동시에 각각 다른 목소리로 관객을 향해 대사를 던지는 것으로, 여기서는 아이 엄마의 낮은 소리와 아가씨의 다소 높은 소리가 알토와 소프라노의 이중창처럼 연출된다. 작가는 이 작품에서 많게는 일곱 명의 배우가 각기 다른 소리를 내는 다성부의 연극을 시도하고 있다.

아가씨	7시 15분에 공원 입구
아이 엄마	기다릴 텐데. 걔는 흰 설탕 넣은 것도, 팥고물 넣은 것도, 땅콩 넣은 것도 다 안 먹고.
아가씨	길 건너 세 번째 가로등 아래서 만나기로 했는데.
아이 엄마	……그저 꼭 깨 넣은 것만 먹는다니까…….
아가씨	난 빨간 핸드백을 들고, 그는 비학(飛鶴)표 자전거에 기대서서…….

말 없는 사람, 그들 앞으로 다가와 선다. 우울하게 그들을 본다. 그들 두 사람은 말을 멈춘다.

마 주임	(노인에게) 물품이 모자란다는 것은 무슨 뜻이라고 생각하시오?
노인	살 수 없다는 얘기지 뭐.
마 주임	고객 입장에서 말하면, 물건을 못 사는 것이고, 우리 상인 입장에서 말하자면, 상품 부족이죠. 상품 부족은 공급과 수요의 모순을 조성하게 되는데, 이 모순을 어떻게 해결하면 좋겠습니까?
노인	난 주임이 아니오.
마 주임	당신은 고객이잖아요! 담배를 끊을 수 있던가요?
노인	여러 번 시도했었지.
마 주임	담배가 몸에 해롭다는 거 모르세요?
노인	알지.
마 주임	알면서도 피우세요? 그런 공익 광고는 광고에 그

친다니까. 해마다 가족계획 광고를 하고 있잖아
요? 그래서 신생아가 준 것 같아요? 인구는 자꾸
늘어나고 있어요! 어른들이 담배를 아직 못 끊고
있는 동안 머리에 피도 안 마른 아이들은 벌써 담
배를 배우고 있거든요. 흡연자 증가가 담뱃잎 자
라는 속도보다 더 빠르니, 이 수요 공급의 모순이
해결되겠습니까?

말 없는 사람, 어깨에 가방을 메고 무슨 말인가 하려다 그만둔다.

안경잡이   (큰 소리로 외운다.) 오픈 유어 북스! 오픈 유어 피그
           스! 아니지, 오픈 유어 도그스! 아니야, 아니야!
   노인   좀 많이 생산하면 안 되나?
 마 주임   영감님 말씀도 일리가 있어요! 그러나 이건 생산
           부가 관리하는 일이죠, 우리 판매부에서 해결할
           수 있겠어요? 뒷거래한다고 나더러 뭐라 하시면
           안 되죠. 나도 그저 관계 있는 사람들한테만 조금
           신경 썼을 뿐이라고요. 정상적으로 큰소리치며
           그들에게 팔 수 있겠어요? 어쨌든 영감님 말씀대
           로 어떤 사람들은 살 수 있고, 어떤 사람들은 못
           사는 거지, 모두 살 수 있다면 모순이란 없는 거
           아니겠어요?
  아가씨   이게 뭐야, 아이, 속상해.
 아이 엄마   이 정도는 아무것도 아니야, 엄마가 돼봐, 신경 쓸

일이 더 많지.

말 없는 사람이 몸을 돌린다. 아가씨는 그와 눈이 마주치자 얼른 눈을 떨군다. 말 없는 사람은 눈치채지 못하고 큰 걸음으로 걸어가며, 고개도 돌리지 않는다. 낮은 음악 소리가 들리기 시작한다. 음악 소리는 고통스럽고 집요한 탐구를 표현한다. 음악 소리 점점 사라진다. 아가씨는 그가 사라진 방향을 바라보며, 무엇을 잃은 듯 심란해한다.

숙련공　한마디 끼어듭시다. (마 주임과 노인이 고개를 돌려 그를 바라본다.) 두 분 얘기가 아니오. 당신들은 그저 당신들 얘기나 계속하세요.

마 주임　아니, 내가 말장난이나 하고 있는 것 같아? 고객의 생각을 변화시키는 작업 중이라고! (계속해서 노인을 설득한다.) 당신은 우리 판매 부문의 입장을 잘 이해 못 할 거요. 당신도 감정이 있죠. 인정합니까? 이 주임 노릇도 그리 호락호락한 게 아니예요. 당신이 한번 해 보시지!

노인　난 못 해.

마 주임　해 봐요!

노인　졌소, 졌어!

마 주임　(숙련공을 향해) 자 봤죠? 봤죠?

숙련공　뭘 말이오! 내가 말한 건 그 안경 쓴 선생 말이에요.

안경잡이   (문장을 만들어) 두 유 스픽 잉글리시? 아이 스픽 어
            리틀⋯⋯.

청년   (그를 따라, 이상한 소리로) 아이스피크아리툴⋯⋯.

안경잡이   (화가 나서) 아 유 피그?

청년   당신이 웃기는 거지!

아가씨   그만 싸워요, 네? 정말 못 참겠네!

숙련공   이봐요 선생님, 지금 몇 시예요?

안경잡이   (시계를 보고, 놀라며) 아니? 아니 어찌 된 거지⋯⋯.

숙련공   시계가 안 가요?

안경잡이   안 가면 다행이게요? ⋯⋯아니, 벌써 일 년이 지
            났어요!

아가씨   거짓말!

안경잡이   (다시 시계를 보고) 정말이에요, 우린 이 정류장에
            서 꼬박 일 년을 기다렸어요.

청년은 집게손가락을 입에 넣고 힘껏 휘파람을 한 번 분다.

노인   (그들을 한 번 노려보고) 허튼소리!

안경잡이   허튼소리라뇨? 못 믿으시겠으면 영감님이 직접
            시계를 보세요.

숙련공   그만둬, 그럴 리가!

아이 엄마   내 시계는 어째 이제야 2시 40분이지?

청년   (흘끗 보고) 멈췄네요.

숙련공   뭐요? (노인을 향해) 영감님 시계는요?

노인	(중얼대며, 마지못해 회중시계를 꺼낸다.) 어째 이상해?
청년	거꾸로 보고 있잖아요.
노인	1시…… 10분. 멈췄군.
청년	(잘못된 것이 도리어 신이 나) 다른 사람들 것보다도 못하군. 그 시계도 영감님하고 똑같네요, 늙었어요.
마 주임	(손목을 흔들어 시계 소리를 듣는다.) 어째 내 시계도 멈췄지?
아이 엄마	날짜를 봐요, 당신 시계에는 날짜 표시가 있잖아요?
마 주임	13월 48일…… 괴상하군. 이건 수입한 오메가라고!
청년	플라스틱으로 된 엉터리 아니겠죠?
마 주임	닥쳐!
안경잡이	내 건 전자시계니 틀릴 리가 없다고요. 봐요, 아직 제대로 가고 있잖아요. 작년에 샀는데 아직 한 번도 멈춘 적이 없어요. 여섯 가지를 다 표시하는 전자시계라고요. 연월일시분초를 표시하는데, 봐요 여러분, 정말 일 년이 흘렀잖아요!
숙련공	당신 사람 헷갈리게 하지 마. 전자시계가 어쨌다는 거야? 전자시계도 틀릴 수 있지.
노인	이봐요, 과학을 안 믿을 순 없어요, 전자는 과학이고, 과학은 사람을 속이지 않아. 지금은 전자 시대라고. 우리에게 무슨 일이 생긴 거야!

아이 엄마	그래서 우리가 지금 이 정류장에서 일 년 동안 기다렸다는 거예요?
안경잡이	맞아요 꼬박 일 년을요, 일 년 3분 1초, 2초, 3초, 4초, 5초, 6초…… 봐요, 아직 가고 있어요.
청년	오, 정말이네, 형씨들 정말 빌어먹을 일 년이 갔네!

아가씨는 뛰어가며 얼굴을 감싸 안는다. 사람들은 숙연해진다.

아이 엄마	(혼잣말로) 우리 식구들은 갈아입을 옷도 없을 텐데, 그이는 아무것도 할 줄 몰라, 바지가 찢어져도 꿰맬 줄도 모르거든요. 우리 배이배이는 날 찾으며 울고불고 난리였겠네, 불쌍한 우리 배이배이…….

아가씨가 쪼그리고 앉자, 사람들이 그 주위를 천천히 에워싼다.

안경잡이	(조용히 묻는다.) 왜 그래요?
숙련공	배가 고파서? 내 가방에 떡이 한 조각 있는데.
노인	배가 아픈가?
마 주임	(관객을 향해 소리친다.) 의사 선생은 어디 있죠? 환자 좀 볼 수 있는 분 누구 없나요!
아이 엄마	(자신을 추스르고 아가씨에게 다가가 그녀에게로 구부려) 어디 안 좋아요? 나한테 얘기해요. (아가씨 머리를 쓰다듬는다.)

아가씨, 아이 엄마 품에 안겨 울음을 터뜨린다.

아이 엄마   여자들 일이니, 다들 비켜요.

사람들 흩어진다.

아이 엄마   아가씨, 말해 봐, 무슨 일인데?

  아가씨   언니…… 나 못 견디겠어요…….

아이 엄마   (쓰다듬으며) 내게 기대 봐. (길바닥에 앉아, 아가씨
           를 자신에게 기대게 하고, 그녀 귀에 대고 묻는다.)

    노인   (유난히 늙어 보인다.) 허, 이번 장기판도 날려 버
           렸네…….

  마 주임   시내에 장기 두러 가세요?

    노인   이 장기 한 판을 위해 기다리고, 기다리고, 내 한
           평생을 기다렸는데.

  아가씨   아냐! 아냐! 그는 이제 날 기다리지 않을 거야.

아이 엄마   바보 아가씨로군, 기다릴 거야.

  아가씨   그렇지 않아요, 그럴 리가 없어요, 몰라서 그래요.

아이 엄마   사귄 지 얼마나 됐는데?

  아가씨   첫 약속이에요, 7시 15분, 공원 입구 길 건너편,
           세 번째 가로등 아래서…….

아이 엄마   예전엔 만난 적도 없었어?

  아가씨   시내에서 일하는 학교 친구가 소개시켜 주었어요.

아이 엄마   괜찮아, 또 찾으면 되지, 세상엔 남자가 쌔고 쌨

다고.

아가씨 그렇지 않을 거예요, 다신 아무도 날 기다리지 않을 거예요!

마 주임 (관객을 향하여, 혼자 중얼거린다.) 난 가야겠군, 동경루에 초대받아 밥 먹고 술 마시려는 거였지. 남이 청한 것이니, 그것도 일 관계로. 하지만 시내에서 술 한잔 마시려고 일 년씩 기다릴 수야 없지. 술이야 집에도 있으니 말이야. 백자에 든 것, 붉은 비단 띠로 묶은 것, 전 세계에 알려진 마오타이, 거짓말이 아니에요. 한마디로, 수고스럽게 다리품 팔지 않아도 사람들이 들고 온다니까, 어쩔 수 없지. (큰 소리로) 어쩔 수 없지!

노인 (흥분하며) 이번 장기는 꼭 두어야 하는데!

마 주임 (관객을 향해) 정말 대단한 장기광이시군, 세상엔 참 별별 사람이 다 있어, 장기 한 판을 위해 일 년을 기다리다니. (노인을 안쓰럽게 바라보며) 나도 장기 좀 두긴 하지만, 영감님 정도까지 빠지진 않았어요. 장기벽이 발동하신 모양인데 저희 집으로 가십시다. 제가 상대해 드릴게요. 마셔 가며 잡아 가며, 잡아 가며 마셔 가며, 영감님 연세도 많으신데, 하필 이 정류장에서 시간을 보내십니까? 저와 함께 가시죠.

노인 (낮추어 보며) 당신하고?

마 주임 영감님, 우리 판매 부서에 인원이 한 백 명쯤 되는데, 과장, 계장도 십여 명이 넘죠. 그중에 내 상대가 될 사람이 없어요, 안 믿기면, 가서 한번 물어보세요!

안경잡이 (읽으며) 피그, 북, 데스크, 도그…… 케이…… 지…… 케이…….

노인 (흥분하면서) 당신…… 당신 석간신문 보시우?

마 주임 하루도 안 거르고 보죠! 난 석간을 받아요. 시내의 석간신문이 다음 날 점심때면 우리 가까운 우체국에 도착하죠. 그럼 오후에 우리 회사까지 도착하고, 난 대개 놔두었다가 저녁 식사 후에 꼭 봅니다. 시내 소식은 하룻밤만 지나면, 모르는 게 없이 훤하죠.

노인 그럼 이묵생을 아시오?

마 주임 어어! 요즘 창으로 이름을 날리는 여배우 말인가요! 끝내주던데.

노인 그러고도 무슨 장기를 둔다고. 내가 말하는 사람은 현재 장기판의 최고수라니까.

마 주임 음음, 어르신 말씀은 장기에서 우승한 이 모요? 우리 집사람 친정하고 같은 성이죠.

노인 우승이고 뭐고, 그 사람 장기는 나보다 한 수 아래요!

마 주임 영감님, 그렇다면, 영감님은 우승할 자신이 있으신가 보죠?

노인 석간에 난 그 친구가 우승한 대국도, 내 다 연구해 보았지. 그 친구가 시내 사니까 우리도 시내에 가면…….

마 주임   (웃으며) 우승은 영감님 거라고요.

노인   내 감히 그렇게 단언할 순 없지만, 어쨌든 내가 그에게 편지를 한 통 썼지, 시내 문화 센터에서 장기 한 판 두자고 약속했었는데, 바로 오늘 밤이었지, 허! 일 년 전 오늘 밤이었지! 장기는 물리면 안 되고, 사람은 신용을 잃으면 안 되지!

마 주임   그렇군요.

안경잡이   (힘들여 외운다, 고통스럽게) 빅, 푹, 데스그독…… 픽북. 정말 미치겠군!

청년   아직도 피피파파 양 방귀 소리야?

안경잡이   (싸울 듯이) 난 너하고 달라, 넌 하릴없이 빈둥빈둥 놀기나 하지만, 난 대학 입시를 봐야 해! 이번이 마지막 기회인데, 차가 안 오면, 대학 입시 볼 수 있는 나이가 지나가 버린다고! 기다리고 기다렸는데! 내 청춘이 모두 날아갔다고. 이런 괴로움을 니가 알기나 해? 비켜.

청년   난 네 일에 참견한 적 없어.

안경잡이   (애원하며) 제발 가 줘, 날 좀 조용히 내버려 두라고, 응? 어디든 건들거릴 만한 곳에 가서 건들거려.

청년   시내에 가긴 다 틀렸군! (물러서다가 모든 것이 무료해져, 갑자기 폭발한다.) 시내에는 도시 사람들만 돌아다녀야 하나? 나는 사람도 아닌가? 시내에

들어가서 둘러보면 안 되나? 난 어떻게 해서든 갈
거라고!

숙련공 (화내며) 쓸데없이 소린 왜 질러? 좀 잠자코 가만
있지 못해! (쭈그리고 앉아 공구 배낭에서 낡은 신문
지 한 조각을 찢어 담뱃잎을 꺼내 부수어서 만다.)

조용해진다. 어두워진다. 멀리 차 소리가 들리는 것 같다. 또 겨우
들릴 듯 말 듯한 음악 소리가 울리고, 말 없는 사람의 음악 소리가
다시 들린다. 모든 사람이 듣는다. 바람 소리 같기도 하다. 이어서 점
점 사라진다.

마 주임 (관객을 향해) 이 사람들 모두 넋이 나갔구먼. (사
람들에게) 어이, 아직도 더 기다리겠소? 안 가실
거요?

청년 어디로 가요?

마 주임 집으로 돌아가야지.

청년 난 또 시내 가신다고요.

마 주임 미쳤냐? 그렇게 먼데, 시내에 가서 술 한잔 먹으라
고? 흥미없어.

청년 (처량하게) 난 시내 가서 요구르트 사 먹을 거예요.

마 주임 어른들 얘기하는 중인데 왜 젊은 녀석이 끼어들
어? (노인에게) 영감님 안 가시면 전 이만 갑니다.

사람들 서로 쳐다보며, 마음이 흔들린다.

노인	음음. (마 주임을 멍하니 쳐다본다. 마음이 결정되지 않는다.)
아이 엄마	(노인을 바라보며) 어르신…….
아가씨	(아이 엄마를 바라보며) 언니…….
안경잡이	(우울하게 아가씨를 바라보며) 저…….
숙련공	(안경잡이의 행동을 보고) 어이!

마 주임이 숙련공 앞으로 와서, 그에게 고갯짓을 하며 함께 가자는 뜻을 보인다. 숙련공은 여전히 안경잡이를 보고 있다. 마 주임은 고개를 숙이고 숙련공의 배낭을 보며, 발로 툭툭 찬다.

청년	헤이, 그 사람은? 샜군?
노인	새긴 누가 새?
청년	정말 정신도 없군요. 줄 맨 앞에 섰던 그 사람 우리만 남겨 놓고, 혼자서 소리도 없이 새 버렸어요.
사람들	(아가씨를 제외하고 모두 흥분해서) 누구야, 누구? 누구 말이야? 누가 갔어?
노인	(다리를 치며 생각해 낸다.) 맞아. 내 앞서 그와 인사까지 나누었는데, 한마디 말도 없이 가 버렸어.
아이 엄마	누구요? 누가 갔단 말이에요?
안경잡이	(기억해 내며) 그 사람은 가방을 메고 맨 앞에 서서 책을 보고 있었지…….
아이 엄마	응, 당신들 싸울 때 나서서 말리기도 했어.
숙련공	그래, 그가 언제 떠났는지 왜 못 봤을까?

안경잡이　차 타고 간 건 아니죠?

마 주임　그에게 앞문을 열어 줬나?

아가씨　(망연히) 차는 서지도 않았어요. 혼자 시내로 갔어요.

마 주임　이쪽, 아님 저쪽? (손가락으로 반대되는 두 방향을 가리킨다.)

아가씨　길을 따라 시내로 갔어요.

마 주임　아가씨가 봤어?

아가씨　(움찔하며) 그는 나를 한 번 쳐다보더니 고개도 한 번 돌리지 않고 앞으로 걸어갔어요.

안경잡이　벌써 시내에 닿았겠군.

청년　그랬겠죠.

노인　(아가씨를 향해) 왜 진작 말하지 않았어?

아가씨　(불안해하며) 모두들 차를 기다리고 있는 것 같아서…….

노인　정말 사려 깊군.

아가씨　그는 사람을 볼 때 눈도 깜짝 안 해요, 마치 사람을 꿰뚫어 보기라도 하려는 것 같았어요.

마 주임　(좀 긴장한 듯) 그 사람, 시에서 조사하라고 보낸 간부는 아니겠죠? 우리 얘기에 별로 신경 쓰는 것 같지는 않았는데. 내가 영감님과 한 얘기 들었을까요?

아가씨　그때 그 사람은 없었어요, 왔다 갔다 하면서, 자기 일을 생각하고 있는 것 같았어요.

마 주임 뭐 정보를 수집한다든가…… 예를 들면 이곳 담
배 수급 상황이나, '대전문' 암거래 상황에 관해서.

아가씨 그 사람이 말하는 건 못 들어 봤어요.

마 주임 어째 그 사람에게 버스 회사에 관한 문제를 전혀
얘기하지 않았소? 사람들 모두 버스 회사에 대해
불만이 있잖아요!

노인 요즘 집 나서서 돌아다니기가 정말 힘들어. (손으
로 난간을 쓰다듬다가 난간 안쪽에서 빙 돌며 생각한
다.) 교통이 온통 이 모양인지, 엉뚱한 정류장에서
잘못 기다리고 있는 건 아니겠지?

숙련공 (불안해하며) 영감님, 뭐라고 하셨어요, 이 정류장
이 시내 가는 버스 타는 데가 아니라고요?

노인 길 건너에서 차를 탈 수도 있잖아?

안경잡이 (건너편을 보며) 저기는 돌아가는 방향인걸요.

숙련공 (안심하며) 아니, 영감님 때문에 놀랐잖아요. (쪼그
리고 앉는다.)

노인 (비틀거리며 관객을 향해) 여러분도 모두 차를 기다
리나요? (혼잣말로) 안 들려. (더 큰 소리로) 여러분
도 모두 시골로 돌아갈 차를 기다리나요? (혼잣말
로) 여전히 안 들려. (안경잡이를 향해) 젊은이, 내
귀가 좀 어두운데, 자네가 저분들 시골로 돌아가
는지 좀 물어봐 주겠나? 모두 돌아가려 한다면,
나도 시내 가려고 고생할 거 없지.

마 주임 (고개를 저으며 탄식한다.) 시내가 뭐 천당인 줄 아

	나! 돌아갑시다. 우리 아들은 좀 있으면 장가도 가야 한다고요. (숙련공을 향해) 댁은 목공일 하시죠?
숙련공	예.
마 주임	우리 아들 가구나 한 세트 만들어 주시오, 기술 썩히지 말고. 손해는 안 끼칠게.
숙련공	싫어요.
마 주임	수고비 외에 밥도 주고, 게다가 하루 두 갑씩 은박지로 싼 '대전문'도 드릴게. (혼자 중얼거린다.) 자꾸 '대전문' 얘기 꺼내지 말자. 상업국 관리과에서 들으면 좋을 것 없지. 흥, 당신 기술이 어떤지도 아직 모르는데 말이야.
숙련공	난 목공일과 나무 깎는 일로 먹고살고 있죠. 마호가니에 꽃 조각을 새긴 태사의하며, 거실에 놓는 흑단 병풍하며, 당신이 그런 거 만들 수 있소? 우리 조상 대대로 전해 오는 손재주라고요!
마 주임	대단히 뽐내시는군! 내 한마디 하겠는데, 도시 사람들에겐 소파가 유행이라고. 누가 그 딱딱하고 엉덩이 불편한 '태사의'를 쓰려고 하겠소.
숙련공	내가 만드는 건 사람들이 보고 즐기라는 거지, 앉으라는 게 아니라고요!
마 주임	흥, 요즘 유행하는 것들은 나도 대충 따라가는 편인데, 당신은 도리어 장식품이나 만드는군!
숙련공	지금 징을 울리며 찾아도 나 같은 기술자는 못 찾지, 못 찾아. 시내의 한 수출 회사도 날 초빙해서

제자를 키워 달라고 하는 판인걸요.

마 주임 기다려 봐야 별수 없지. 난 돌아가야겠소. 나랑 같이 가실 분 없소?

무대 조용해지고, 조명 더욱 어두워진다. 멀리서 차 소리 들려오고 말 없는 사람의 음악 소리가 다시 들린다. 작지만 분명하게 그 탐색의 장단이 더욱 또렷해진다.

안경잡이 들어 봐요, 들어 봐, 들려요? 저건…….

음악 소리, 사라진다.

안경잡이 여러분 못 들었어요? 그 사람은 이미 시내로 갔어요, 우린 더 이상 기다릴 필요가 없어요, 아무 소용없이 뭔가 기다리는 고통…….

노인 그 말이 맞아, 난 한평생을 기다렸어.

아이 엄마 길 떠나는 게 이렇게 어려울 줄 알았으면,

아가씨 나도 너무 피곤해요, 모습도 아주 초췌하겠지,

노인 이렇게 기다리다 기다리다…….

아이 엄마 이렇게 큰 짐 보따리는 가져오지 않는건데,

아가씨 아무 생각도 안 하고 그냥 이렇게,

노인 늙어 버렸어…….

아이 엄마 대추, 깨 다 버리자니 아깝고.

아가씨 자 버렸으면 좋겠네.

청년 쓸데없는 소리들 집어치워요, 이렇게 불평할 시간에 갔으면, 기어서라도 벌써 갔겠네.

숙련공 자넨 왜 기어서라도 가지 않나?

청년 아저씨가 가면 나도 따라서 기어갈게요.

숙련공 내 두 손은 예술을 하는 손이고, 사람은 똥통 속의 구더기가 아니란 말이야!

안경잡이 (관객을 향해) 여보시오, 당신들 아직 차 기다리시오? 아무 소리도 없네. (큰 소리로) 맞은편에 아직 차 기다리는 사람 있나요?

아가씨 이제 어두컴컴해져서 아무것도 안 보여요, 밤이 다 되었으니 더 이상 차는 오지 않을 거예요.

숙련공 난 날이 밝을 때까지 기다릴 거야. 여기 정류장 팻말이 서 있는데, 사람을 이렇게 속이다니 이래서야 되겠소?

마 주임 만약 차가 안 온다면 당신은 바보처럼 한평생 기다리겠소?

숙련공 난 기술이 있소. 시내에선 사람들이 날 필요로 한다고요, 사람들이 당신을 필요로 하겠소?

마 주임 (자존심이 상해서) 사람들이 날 대접하려 청해도 내가 싫다고 하는 판인걸!

숙련공 그럼 왜 안 돌아가죠?

마 주임 난 벌써 돌아가고 싶었소. (근심스레) 이런 벌판에서, 앞으로 마을도 없고, 뒤로 주막도 없는데, 어둠 속에서 개라도 불쑥 나타나면, 으흐흐…… 자,

누구 나하고 돌아갈 사람 없소?

노인 나도 돌아가고 싶긴 한데, 이렇게 칠흑같이 캄캄한 길을 돌아가려니, 그게 더 힘들 것 같소. 휴…….

청년 (일어나며, 엉덩이를 턴다.) 갈 거예요?

마 주임 좋아, 우리 둘이 동행하지.

청년 누가 당신과 간다고 했어요? 난 시내 가서 요구르트 먹을 거예요.

숙련공 멀쩡한 우유를 시게 만들어서 먹다니, 그게 무슨 맛이람? 또 그 무슨 생맥주라나, 말 오줌 같더구먼! 시내 거라고 뭐든 다 맛있다니, 못난 녀석!

청년 난 그래도 먹고 싶다고요, 바로 그 요구르트 마시러 갈 거예요. 한꺼번에 다섯 병은 거뜬히 마실 텐데 말이에요! (안경잡이에게) 저 사람들 신경 쓰지 말고 우리 둘이 갑시다!

안경잡이 만약 우리가 떠나자마자 차가 오면 어쩌지? (관객을 향해 중얼거린다.) 차가 와도 또 서지 않으면? 이성적으로는 내가 가는 게 옳을 것 같은데, 또 알 수 없단 말이야. 만일? 일만은 겁나지 않는데, 이 만일은 겁난단 말이야. 어쨌든 결정해야 해! 데스크, 도그, 피그, 북. 갈까 기다릴까? 기다릴까 아님 갈까? 정말 사람 미치겠군! 운명이다, 그래 기다려 보자, 늙어 죽을 때까지. 사람은 왜 자신의 미래를 열어 가지 않고 운명이 시키는 대로 따라야 하지? 거참. 운명이란 게 뭐지? (아가씨에게) 운명을 믿어요?

아가씨   (작은 소리로) 믿어요.

안경잡이   운명은 바로 이 동전 같은 거죠. (주머니에서 동전을 꺼낸다.) 믿어요? (던졌다가 잡는다.) 그럼 아니면 글자? 피그, 북, 데스크, 도그, 빨리 결정해요! 아 유 티처? 노, 아 유 피그? 아니, 아무것도 아니야 아이 엠 아이, 나는 나야! 당신은 당신 자신을 안 믿고 이걸 믿어요? (혼자 중얼거리고는, 동전을 치운다.)

아가씨   어쩌라는 거예요? 난 아무 생각도 할 수가 없는 걸요.

안경잡이   그럼 운명을 한번 점쳐 볼까요? 글자가 나오면 기다리고 그림이 나오면 갑시다, 알았죠! (동전을 던져 땅에 떨어지자 한 손으로 가리고) 가느냐, 기다리느냐? 우리 운명을 점쳐 봅시다.

아가씨   (빨리 그의 손을 움켜쥔다.) 두려워요! (그의 손을 만지고 있다는 것을 깨닫고는 얼른 손을 오므린다.)

안경잡이   자신의 운명을 아는 것이 두려워요?

아가씨   모르겠어요, 난 아무것도 모르겠어요.

청년   캬, 저 두 사람 재미있네. 이봐요, 당신들 갈 거예요, 말 거예요?

숙련공   아직 안 끝났소? 갈 사람은 가자고. 정류장 팻말이 이렇게 서 있고, 사람들이 이렇게 기다리는데, 어째 차는 안 와? 승객들 차표도 안 받고 기사들 봉급은 어떻게 준단 말이야?

고요하다. 차 소리와 말 없는 사람의 음악이 동시에 들려온다. 갈수록 더 분명하고, 박자도 더 분명하다.

마 주임   (손을 휘휘 저어 사람을 괴롭히는 근심을 내쫓듯이)
　　　　　　 어이, 갈 사람 없어요?

소리 점점 사라진다. 팻말에 기대어 졸던 노인이 잠꼬대를 한다.

노인   (눈도 채 안 뜨고) 차 왔어요?

사람들, 아무 대답도 없다.

청년   이 나무 팻말 때문에 이렇게 된 거야, 정말 김 샌
　　　　 다니까! (풀썩 땅바닥에 주저앉는다.)

사람들 모두 쭈그리고 앉거나 바닥에 앉아 있다. 차 소리가 난다. 아무도 움직이지 않고 그저 듣기만 한다. 차 소리 점점 커지고 빛이 따라서 밝아진다.

청년   　　(여전히 땅바닥에 앉아 있다.) 왔다, 햐.
아이 엄마　결국 왔구나. 어르신, 주무시지 마세요, 날이 밝
　　　　　　 았어요, 차가 와요!
노인   　　차가 왔다고? (얼른 일어서며) 왔어!
아이 엄마　이번에도 안 서진 않겠죠?

안경잡이	또 안 서면 그냥 안 놔둬!
아가씨	안 설 거예요.
노인	안 서면 그들이 실직당할걸!
아이 엄마	만약 안 서면요?
청년	(갑자기 일어서면서) 아저씨, 가방에 큰 못 없어요?
숙련공	뭐 하려고?
청년	또 안 서면 타이어에 펑크를 내 버려야지, 모두 다 시내에 가지 말자고요.
아가씨	그러지 말아요. 교통을 방해하는 짓은 위법이에요.
안경잡이	우리 길을 막아 차를 세웁시다. 모두 길을 막고 한 줄로 서요!
숙련공	그래!
청년	(막대기를 하나 주워들고) 빨리, 차가 왔다. (차 소리가 가까워오자, 모두 일어선다.)
아가씨	(소리치며) 차 좀 세……워……요.
아이 엄마	우린 이미 일 년이나 기다렸어.
노인	어이, 어이, 차 좀 세워!
마 주임	어이…….

모두 무대 앞쪽으로 몰려와 길을 막고 선다. 차의 경적 소리.

안경잡이	(모두를 지휘하며) 하나, 둘!
사람들	차 세워! 멈춰! 세워!!
안경잡이	우린 일 년을 기다렸어!

사람들 (손을 흔들며) 우린 더는 기다릴 수 없어! 멈춰! 차 세워! 차 세우라고! 세우라니까! 세워…….

차는 멈추지 않고 경적을 울린다.

노인 비켜! 빨리 비켜요!

사람들 바삐 비켜났다가, 또 서둘러 차를 쫓아가며 소리친다.

청년 (몽둥이를 휘두르며 달려 나간다.) 죽여!
안경잡이 (그를 제지하며) 너 깔려 죽을 뻔했잖아!
아가씨 (놀라 눈을 감으며) 맙소사…….
숙련공 (달려가 한 손에 청년을 붙잡고) 너 죽으려고 작정했니?
청년 (뿌리치며 달려나가, 손에 쥐고 있던 몽둥이를 차를 향해 던진다.) 가다가 뒤집어져서 물고기 밥이나 돼 버려라.

차 소리는 멀어지고 조용해진다.

숙련공 (어이없이) 모두 외국인이군.
아이 엄마 외국인들이 탄 관광버스야.
안경잡이 그렇다고 뭐 그리 위풍당당이지? 그저 외국인에게 차 몰아 주는 것뿐인데?

노인   (투덜대며) 자리도 다 차지 않았더구먼.

숙련공   (상심하며) 우리 좀 서서 가면 안 되나, 우리가 표를 끊지 않은 것도 아닌데.

마 주임   당신 외화 있어? 외화만 받을걸.

노인   (발을 구르며) 여기가 외국인가?

아가씨   내가 차가 서지 않을 거라고 했죠? 거 봐요, 안 서잖아요.

이때, 차가 한 대씩 연달아 이들 앞을 지나간다. 오는 것도 있고, 가는 것도 있고, 갖가지 차가 갖가지 소리를 내며 지나간다.

마 주임   이거, 사람 되게 되에게 화나게 하네. 승객을 원숭이 취급하는군. 안 서려면 여기다 정류장 표지도 세워 놓지 말았어야지. 이런 자동차 회사를 손보지 않으면 교통이 개선될 리가 없지. 여러분, 고발 편지를 씁시다. 내 직접 그 상부인 교통국에 갖다 주겠소. (안경잡이를 가리키며) 당신이 쓰시오.

안경잡이   어떻게 쓰죠?

마 주임   어떻게 쓰냐고? 바로 이러이러하다고 쓰면 되지. 아니, 당신 같은 지식인이 이런 고발 편지 한 통 못 쓴단 말이오?

안경잡이   이런 편진 써서 뭐하죠? 사람들은 여전히 기다리고 있는데?

마 주임   기다리고 싶으면 기다리시오, 내가 급할 게 뭐람?

시내 식사 약속은 이미 생각도 없었소. 당신들 대신 걱정을 한 것뿐이야. 기다려, 제기랄, 기다리자고.

조용해진다. 말 없는 사람의 음악 소리가 가볍게 들려온다. 경쾌한 세 박자로 변주되어 풍자적인 분위기를 띤다.

안경잡이　　(시계를 보고 놀라며) 아뿔싸!

아가씨가 다가가 그의 시계를 넘겨다본다. 음악의 박자가 다음 숫자 읽는 소리에 맞춰 넘어간다.

안경잡이　　(시계 위의 지시표를 돌린다.) 5월, 6월, 7월, 8월, 9월,
　　　　　　　10월, 11월, 12월, 13월⋯⋯.
아가씨　　　1월, 2월, 3월, 4월⋯⋯.
안경잡이　　5월, 6월, 7월, 8월⋯⋯.
아가씨　　　모두 일 년 팔 개월 지났어요.
안경잡이　　방금 일 년 더 지났소.
아가씨　　　그럼 모두 이 년 팔 개월.
안경잡이　　이 년 팔 개월⋯⋯ 아니! 아냐. 모두 삼 년 팔 개
　　　　　　　월, 아니! 아냐. 오 년 육 개⋯⋯ 아니, 칠 개월, 팔
　　　　　　　개월, 구 개월, 십 개월⋯⋯.

사람들은 멍해져 서로 쳐다본다.

청년   정말 미쳤군.

안경잡이   나 제정신이야.

청년   난 당신이라고 한 적 없어요, 이 기계가 미쳤단 말
이지.

안경잡이   기계가 정신이 어딨어. 시계는 그냥 시간을 재는
기계일 뿐이야. 시간도 사람의 정신이 정상이냐
아니냐에 따라 바뀌는 게 아니고!

아가씨   좀 가만있어요, 네? 제발!

안경잡이   날 좀 막지 말아요. 아니 이건 나한테 문제가 있
는 게 아니라고. 당신도 시간의 흐름을 막을 순
없어. 모두들 와서 시계를 봐요. (사람들 모두 그를
둘러싸고 시계를 본다.)

안경잡이   육 년, 칠 년, 팔 년, 구 년, 이렇게 얘기하는 사이
에 십 년이 흘렀어요.

숙련공   틀림없지? (안경잡이의 팔을 흔들어 보고, 시계 소리
를 들어 보고 쳐다본다.)

청년   (역시 앞으로 나아가, 손목시계의 나사를 흔들어 벗긴
다.) 아하, 이렇게 하면 숫자가 없어지잖아? 아니
정말 바보들이군. (안경잡이의 손을 잡고 들어올려)
이렇게 내던지면 시계가 금방 안 가잖아! (의기양
양하게) 이 쪼그만 게 정말 사람을 놀라게 하는걸.

안경잡이   (엄숙히) 네가 뭘 알아? 그게 보이지 않는다고 시
간이 흐르지 않는 건 아니야. 시간은 일종의 객
관적인 존재야. 이건 모두 공식에 따라 계산해 낼

수 있다고.

T=α+β×시그마 몇 제곱과 같다. ……아인슈타인의 '상대성 이론'이란 책 속에 다 있지.

아가씨 (히스테리를 부리며) 못 참겠어. 난 정말 못 견디겠어!

노인 어찌 이럴 수가 있나! (기침하며) 승, 승객의 머리가 백발이 될 때까지 기다리게 하다니…… (곧바로 노쇠한 노인의 모습이 되어) 황당하군…… 정말 황당해…….

숙련공 (상심하여 어쩔 줄 모른다.) 자동차 회사에서 고의로 우릴 시험했나 보군. 우린 아무 잘못도 없는데?

아이 엄마 (완전히 지쳐빠진 모습이 되어) 배이배이, 불쌍한 우리 배이배이와 애 아빠, 빨아 놓은 옷으로 갈아입지 못하는 건 물론이고, 벌써 다 낡아 해졌겠네……. 그이는 실 바늘을 어떻게 쥐는지도 모르는 사람인데…….

청년은 옆으로 걸어 나가, 돌멩이를 왼쪽, 오른쪽으로 툭툭 찬다. 갑자기 땅바닥에 주저앉아 두 다리를 벌리고 멍하니 있다.

아가씨 (멍청히) 나 정말 울고 싶어요.

아이 엄마 울어, 울어. 뭐 부끄러울 일도 아니지.

아가씨 언니, 눈물도 나지 않는걸요…….

아이 엄마 누가 우릴 여자로 만들었을까? 우린 운명적으로

기다려야, 한도 끝도 없이 기다려야 하나 봐. 우선
한 남자가 찾아와 주길 기다리고, 어렵사리 시집
을 가서는 애가 세상에 나오길 기다리고, 또 그애
가 성인이 되기를 기다리고, 그러다 우린 늙어 버
리니…….

아가씨   난 이미 늙었어요. 기다리다 늙었어요. (아이 엄마
의 어깨에 기댄다.)

아이 엄마   울고 싶으면 울어. 울고 나면 기분이 한결 나아지
지. 난 정말 그의 품에 안겨 한바탕 울어 보고 싶
어…… 무슨 이유가 있어서가 아니고…… 또 왜
그런지 이유도 모르지만…….

마 주임   (감상적으로 되어, 노인에게) 영감님, 이럴 필요가
있을까요? 늘그막에 집에서 좀 편히 사는 게 뭐
나쁠 거 없잖겠어요? 거문고 타고 장기 두고 글
쓰고 그림 그리고 하는 것들은 원래 시간이나 보
내며 즐기자는 것인데, 그래, 굳이 시내 나가서 사
람들하고 누가 잘하나 겨뤄 보아야 한다니! 그 나
무토막 몇 개에다 목숨 걸고 늙은이 하나를 길에
서 떠나보내다니 어디 될 말입니까?

노인   당신이 뭘 알아? 무슨 얘길 해도 다 장삿속이지,
사람이 장기 둘 때 필요한 건 바로 이 힘, 이 정신
이지. 사람이 세상 살아가는 데에도 반드시 이런
정신이 필요하지!

청년이 너무 심심해서, 안경잡이 뒤에 가서 그의 어깨를 한 번 힘껏 툭 치니, 생각에 잠겼던 그가 깨어난다.

안경잡이   (화가 나서) 넌 고통이란 것도 모르지, 그래서 넌 목석 같고 인정이 없어. 삶은 우리를 내몰아쳤어. 세상은 우릴 잊었고. 생명이란 것은 네 코앞에서 허무하게 흘러가 버렸고, 이해하겠어? 넌 이해 못 해, 넌 이렇게 아무렇게나 살 수 있지만 난 못 해…….

숙련공   (슬퍼하며) 우린 돌아갈 수 없어. 나는 가구 조각과 목공일로 살았는데! 우리가 도시로 가려는 건 돈 몇 푼 벌자고 그러는 게 아냐. 난 기술이 있거든. 난 시골에 먹고살 것도 있어. 손만 움직여 침대 만들고 식탁, 찬장 만들면 온 식구가 굶어 죽진 않아. 하지만 우리 조상님들께 물려받은 이 재주로 어떻게 이런 일만 하겠냐고? 설사 당신이 무슨 주임이라고 해도, 이해하지 못할걸.

안경잡이   (청년을 밀쳐내며) 저리 가! 나 좀 혼자 있게 해 달란 말이야! (갑자기 폭발하여) 나 좀 조용히 있게 해 줘. 알아듣겠어. 조용히! 조용히!

청년, 조용히 물러난다. 힘껏 휘파람을 불고 싶지만, 입속에 손가락을 넣었다가 다시 뺀다.

아가씨   (관객을 향해, 혼자 중얼거린다.) 난 예전에 꿈이 많왔지. 어떤 꿈은 참 아름다웠어.

아이 엄마 (관객을 향해, 혼자 중얼거린다.) 때론 나도 정말 꿈을 꿔 보고 싶어.

이하 두 사람의 말이 서로 연달아 이어진다. 각자 관객을 향해 이야기하며, 그들 서로는 서로 소통하지 않는다.

아가씨 난 꿈속에서 달이 소리 내어 웃는 걸 봤어…….

아이 엄마 침대에 눕기만 하면 바로 잠들었지. 언제나 너무 피곤하고, 졸립고, 늘 잠이 부족해…….

아가씨 꿈속에서 그는 내 손을 잡고, 내 귓가에 조용히 속삭였지. 난 정말 그에게 기대고 싶었어…….

아이 엄마 눈만 뜨면, 배이배이 양말에 구멍이 나서 발가락이 드러나 있다니까…….

아가씨 난 지금 아무런 꿈도 없어…….

아이 엄마 그애 아빠 털옷 소매도 올이 풀려 있고…….

아가씨 내 몸을 덮치는 검은 곰도 없지…….

아이 엄마 배이배이는 전동 장난감 자동차를 갖고 싶어 하는데…….

아가씨 무섭게 날 쫓아오는 이도 없었지…….

아이 엄마 토마토 한 근에 20전…….

아가씨 다신 꿈도 꿀 수 없을 거야.

아이 엄마 이게 바로 엄마의 마음이지. (고개 돌려 아가씨를 향해) 내가 아가씨 나이일 땐 이렇지 않았어.

이하 두 사람의 대화.

아가씨   몰라서 그래요, 저도 변했어요. 마음이 좁아지고, 다른 여자들이 예쁜 옷 입은 꼴도 못 봐주겠어요. 그러면 안 되는 줄 알지만, 도시 아가씨들이 하이힐 신은 걸 봐도 기분이 나빠져요. 마치 그들이 날 짓밟는 것 같고, 나한테 다가와 날 업신여기는 것 같고요. 언니, 나도 이러면 안 되는 줄 알지만…….

아이 엄마   나도 이해해, 네 잘못이 아니야.

아가씨   언닌 몰라요. 난 질투가 나, 질투가 나서 죽겠어.

아이 엄마   바보 같은 소리 마, 그건 네 잘못이 아니야.

아가씨   난 꼭 꽃무늬가 있는 원피스가 입고 싶었어요. 허리에 작은 체인 벨트가 달린 원피스요. 난 그런 옷을 맞출 엄두도 못 내지만요. 시내라면 얼마나 좋아요. 사람들은 모두 그런 걸 입고 거리를 다니는데, 하지만 여기서야 그런 걸 입을 수나 있겠어요. 언니, 안 그래요?

아이 엄마   (그녀의 머리를 만지며) 입고 싶은 것 있으면 입어. 내 나이 될 때까지 기다리지 말고. 넌 아직 젊잖아. 널 좋아하는 남자도 나타날 거고. 서로 사랑하게 되겠지? 넌 그의 아이를 낳을 거고, 그럼 그는 널 더욱 사랑하겠지…….

아가씨   계속해요, 언니, 계속. ……제게 흰머리가 있어요?

아이 엄마 (손으로 펼쳐보며) 없어. 정말이야.

아가씨 거짓말 말아요.

아이 엄마 한두 개…….

아가씨 뽑아 버려요.

아이 엄마 눈에 띄지도 않는걸. 뽑을 수도 없어. 또 뽑으면
뽑을수록 많아지는걸.

아가씨 부탁이야, 언니!

아이 엄마가 아가씨의 흰머리 한 가닥을 뽑아 주고는 갑자기 그
녀를 껴안고 울기 시작한다.

아가씨 언니, 왜 그래요?

아이 엄마 난 흰머리가 아주 많을걸. 모두 세었지?

아가씨 아니, 아니에요……. (그녀를 안고 같이 울기 시작
한다.)

청년 (땅바닥에 앉아서, 지폐 한 장을 땅바닥에 탁 소리 나
게 놓고, 주머니를 뒤져 카드 세 장을 땅에 펴 놓는다.)
누구 같이 하겠어요? 이 한 판에 5원 깔았어요,
이번 한 판만 할 거예요!

노인은 주머니를 뒤져 본다.

청년 영감님 주머니 뒤질 거 없어요. 이건 내가 아르바
이트해서 번 거라고요. 재주 좋은 사람은 그냥 집

어 가는 거죠. 여기다 묻어 두지는 않을 테니까.

노인과 마 주임이 모여든다.

청년 당신들은 어느 쪽에 걸겠어요? 왼손에 3원, 오른
손에 2원? 난 5원 가지고 주인 노릇 할 테니. 시
내 가고 오는 차표하고 요구르트 값이 모두 여기
들었어요.

마 주임 젊은 친구가 좋은 건 배우지 않고?

청년 좋아요, 돌아가 댁의 아드님한테나 훈계하세요.
영감님, 운수 좀 시험해 보실래요? 두 손 다 걸어
도 5원이에요. 맞추면, 운이 있는 거고, 져도, 그
저 재수 없다 여기면 그만이니. 그 연세에 아직도
5원 가지고 떠세요? 여기 술 파는 사람 있으면,
내가 모두에게 한잔 살 텐데.

숙련공이 다가간다.

청년 천문, 지문, 청룡, 백호, 어디다 거실래요?

숙련공이 청년의 뺨을 한 대 친다.

청년 시내 안 들어가면 안 되나요? 사람이 요구르트
못 먹었다고 어떻게 되나요? (큰 소리로 울며) 시내

거리는 시내 사람들이나 돌아다니라고 해!

노인　치워, 젊은이, 치우라니까.

청년은 옷소매로 눈물, 콧물을 닦아내고 지폐와 카드를 집어 든
다. 고개를 떨구고 흐느낀다. 조용해진다. 멀리 자동차 소리에 섞여
서 들렸다 사라졌다 하는 말 없는 사람의 음악이 빠른 리듬으로, 유
쾌한 멜로디로 들린다.

안경잡이　차는 오지 않을 거야. (결심한 듯) 가자, 그 사람처
럼. 정류장에서 바보처럼 기다리는 시간에 어떤
이는 벌써 시내에 들어갔을 뿐 아니라, 멋진 일까
지 한바탕 해냈을 거야. 더 기다릴 것 없어!

노인　맞아, 아가씨. 울지 마. 아가씨는 저 사람 따라 가
요. 결혼이니 아이니 하는 얘기는 다 관두고, 벌
써 애가 걸어 다니겠어! 난 기다리다 기다리다 등
이 다 굽었네. (힘겹게) 갑시다……. (비틀거린다.)

안경잡이가 얼른 와서 부축한다.

노인　이제 걷지도 못할까 걱정이네…… 아주머니, 아주
머니도 갈 거죠?

아가씨　언니, 나 아직도 시내에 가야 하는 걸까?

아이 엄마　(그녀의 머리를 빗겨 주며) 왜 그렇게 자신이 없어?
이렇게 참한 아가씨를 찾는 사람이 없을까 봐?

	내가 소개해 줄게! (보따리를 안으며) 정말 이런 무거운 짐은 갖고 오지 말았어야 하는데.
아가씨	제가 들게요.
마 주임	이걸 다 사 가지고 가는 거요?
노인	참, 당신은 가겠소?
마 주임	(조용히 생각하며) 생활하기에는 아직 시골 읍내가 낫죠. 다른 건 그만두고 시내에선 길만 건너려 해도, 영감님, 빨간불 파란불 켜졌다 꺼졌다, 눈 깜짝하는 새에 차에 치어 죽지 말라는 법이 없어요.
숙련공	난 가요!
청년	(정신이 든 듯) 큰 들것으로 메고 갈까요?
마 주임	무슨 헛소리? 난 고혈압에 동맥경화라고. (화내면서) 괜히 쓸데없는 일 만들 필요 없지! (퇴장하다, 다시 고개를 돌리고) 내 이과두주에 담근 '복방구기자포르말린안신보기양영산' 먹는 걸 잊었어.

사람들이 마 주임이 나가는 것을 쳐다본다.

노인	돌아갔어?
아이 엄마	(중얼거리며) 돌아갔어요.
아가씨	(힘없이) 돌아가지 말아요!
청년	그는 그 갈 길 가고, 난 내 갈 길 가는 거지.
숙련공	(안경잡이를 향해) 당신은 왜 안 가는 거요?
안경잡이	마지막으로 한 번 더 봅시다. 차가 오나 안 오나?

(안경을 닦아 다시 낀다.)

사람들 흩어지고, 왔다 갔다 머뭇거리는데, 어떤 이는 가려 하고, 어떤 이는 계속 정류장에 서 있고, 또 어떤 이는 서로 부딪친다.

노인 길 막지 말게.

청년 영감님 갈 길이나 가세요.

아이 엄마 정말 엉망이군.

안경잡이 아, 삶이여, 삶이여…….

아가씨   무슨 삶이 이래!

안경잡이 삶이라 부르든 말든 사람들은 또 그렇게 살아가는걸.

아가씨 죽은 것만도 못해요

안경잡이 그럼 아가씬 왜 안 죽고 있죠?

아가씨 아무 이유도 없이 이 세상에 왔다 간다면, 너무 무의미하잖아요!

안경잡이 삶은 반드시 의미가 있는 거예요.

아가씨 죽지 못해 이렇게 사는 거죠. 얼마나 무료해요!

사람들 제자리걸음으로 빙빙 돈다, 무언가에 홀린 것처럼.

숙련공 갑시다.

아가씨 아니…….

안경잡이 안 가요?

64

청년	가요!
아이 엄마	갑시다.
노인	가지…….

조용해지며, 빗방울 듣는 소리.

노인	빗방울이 떨어지나?
청년	영감님, 자꾸 꾸물대다간 우박이 내리겠어요.
숙련공	(하늘을 보며) 말하면 그대로 된다고, 날씨하고는!
아이 엄마	정말 비가 오네.

커지는 빗소리.

아이 엄마	어쩌죠?
노인	(투덜거리며) 비 피할 곳을 찾아야지…….
아가씨	(아이 엄마의 손을 당기며) 우리 가요, 젖으려면 젖으라지 뭐!
청년	(웃옷을 벗고) 안 가면 괜히 젖기만 할 텐데! 영감님도 결정을 내리세요!
안경잡이	(아가씨를 향해) 안 돼요. 젖으면 감기 걸릴 텐데.
숙련공	지나가는 빈걸, 괜찮아요. 저 구름만 걷히면 괜찮을 거예요. (공구 가방에서 방수천 두 장을 꺼내 아이 엄마와 노인 머리 위에 씌워 준다.)
아이 엄마	역시 이분 준비가 철저하시네.

숙련공   늘 밖에서 지내다 보니 비바람 맞기 일쑤지요. 익
숙한 일인걸요. (모두에게) 자, 모두 와서 비나 피
하세요.

비가 억수로 쏟아진다. 안경잡이는 아가씨를 데리고 방수천 밑으
로 들어간다.

숙련공   (청년을 향해) 너 또 바보같이 그러고 있을래?

청년도 방수천 밑으로 들어온다. 어두워진다.

노인   젊을 땐 이런 가을바람과 찬비가 아무것도 아니
지만, 늙으면 관절염에 시달리게 되고, 그제야 간
단한 일이 아니란 걸 알게 되지.

안경잡이   (아가씨에게) 추워요?

아가씨   (추위에 떨며) 조금요.

안경잡이   옷을 너무 적게 입었어요. 내 옷 걸쳐요.

아가씨   당신은요?

안경잡이   난 괜찮아요. (추워서 이가 탁탁 부딪는다.)

청년   (안경잡이의 시계를 가리키며) 이거 아직 가요? 모
년 모월이겠지?

아가씨   시계는 보지 말아요. 시계는.

아이 엄마   지금이 몇 년 몇 월인지도 모르겠네.

아가씨   모르는 게 나아요.

바람 소리, 빗소리. 이하의 대화는 모두 비바람 소리에 섞여서 진행된다.

청년	들어 봐요, 강에 물이 불었군…….
아가씨	그냥 이렇게 앉아 있어요…….
안경잡이	이렇게 있으니 괜찮은데…….

청년	……이럴 땐, 물고기 몇 마리쯤 문제없을 텐데…….
아가씨	비야 내려라! 내려! 바람도 차고 쓸쓸해…….
안경잡이	안개 자욱한, 논과 밭, 맞은 편 산도,

청년	……영감님
아가씨	오히려 마음은 따스한걸…….
안경잡이	미래의 인생길도 모두 아련해…….

청년	내기하실래요?
아가씨	그의 어깨에 기대어 이렇게 같이 앉아 있으니…….
안경잡이	그녀는 정말 부드러워…… 착하고…… 좋아…….

노인	젊은이, 이제 어린애도 아닌데 이렇게 어리석게, 살다
아가씨	……당신 안경에.
안경잡이	……정말 아름다워…… 어쩌자고 이제야 발견했을까…….

노인	어떻게 가정 이루고 사업도 해 보고 하나.
아가씨	물기가 가득해요…….
안경잡이	……아, 닦지 말아요. 이렇게 아련하게 놔둬요…….

이하의 대화는 세 조로 나누어져 동시에 진행되며, 또 서로 교차되기도 한다. 동시에 진행되는 각 조의 대화와 독백은 어떤 것은 강하고 어떤 것은 약하며, 때론 한 조의 대화가 두드러지고 때론 다른 조의 대화가 두드러진다.

노인   (강하게) 제대로 된 학문이나 기술에 힘써야 해. 그렇지 않으면 장래에 어떤 여자가 자넬 따르겠나?

안경잡이   (다음으로 강하게) 나는 이미 시험 볼 나이가 지났어. 이제 무얼 하지? 나도 모르겠어.

아이 엄마 (약하게) 한번은 내가 밤길을 걷고 있는데, 그때도 비가 왔어, 주룩주룩 그치지도 않고.

청년   (강하게) 아무도 안 써 주면 그것도 쓸데없는 일이잖아요?

안경잡이   청춘은 지나가 버렸어…….

아이 엄마 느낌이 꼭에 뒤에 누군가 있는 것 같아, 몰래

노인   (강하게, 눈짓하며) 멋진 기술자가 바로 자네 옆에 있잖아.

아가씨   (다음으로 강하게, 어깨로 그를 건드리며) 야간 대학

아이 엄마 한번 돌아다봤지. 비가 많이 오는 데다 똑똑히 보이지는 않았지만.

청년   (강하게, 용기를 내서) 아저씨, 제자 받으세요?

아가씨   시험은 못 치나요? 통신 대학도 있고요. 당신은 합격할 거예요. 반드시요.

아이 엄마 누군가가 있다는 건 알았지. 우산을 들고 멀지도

가깝지도 않게 말이야. 내가 빨리 가면.

숙련공	(다음으로 강하게) 어떤 사람인지 봐야지.
안경잡이	(강하게) 그렇게 믿어요?
아이 엄마	그도 빨리 따라오고, 내가 천천히 걸어가면 그도 천천히 오는 거야.

청년	(다음으로 강하게) 어떤 사람을 받는데요?
아가씨	(강하게) 물론이죠. (남들 몰래 그가 자기 손을 잡도록 내버려 둔다.)
아이 엄마	난 머리털이 곤두서는 것 같았지.

숙련공	(다음으로 강하게) 기술은 학문하고 달라, 손발이 재빠르고 부지런해야지.
아가씨	(강하게) 이런 건 나빠요. 이러지 말아요. (아가씨는 얼른 손을 빼고 몸을 돌려, 아이 엄마의 팔을 껴안는다. 안경잡이는 무릎을 감싸안고 그녀들의 얘기를 듣는다.)

청년	(강하게) 제 손발이 재빨라 보이나요?
아가씨	(다음으로 강하게) 그러고는요?
아이 엄마	(다음으로 강하게) 어렵사리 집 앞까지 왔지…….
숙련공	(강하게) 좀 너무 매끄럽달까.

이하 사람들이 모두 함께 제 이야기를 한다.

아이 엄마   난 멈췄지. 가로등 아래로 그 사람이 걸어왔어. 내가 보니까 거기도 여자였어. 그녀도 두려웠나 봐.

같이 갈 사람은 없고, 나쁜 사람을 만날까 봐 겁
이 나서 말이야.

숙련공　세상엔 나쁜 사람이 아직 그렇게 많진 않아요. 그
렇다고 방비를 안 할 수는 없고, 나야 남을 따지
지 않지만, 남들도 날 안 따지란 법 있겠어요?

노인　그렇게 계산하는 게 나쁜 거야. 내가 남을 밀치고
남은 나를 밟고, 만약 서로 살펴 준다면 세상 살
기가 훨씬 수월할 텐데.

아이 엄마　만약 모두 이렇게 가깝고, 마음이 통하면 얼마나
좋아.

조용해지고 찬바람 소리가 난다.

숙련공　안으로 다가와요.

노인　딱 붙어요.

안경잡이　모두 서로 등을 기대요.

아이 엄마　이렇게 하니 좀 따뜻하네요.

아가씨　난 간질거릴 것 같아.

청년　누가 간지럼이라도 태우나?

사람들은 더 가까이 기댄다. 찬바람이 쏴아 부는 소리에 마 주임
의 소리가 섞여 들린다. "기다려…… 가지 마시오!"

숙련공　(청년에게) 저쪽에서 무슨 소리 안 나? 좀 봐 봐.

청년　(방수천 아래로 고개를 내밀어) 저건 공급 판매 합작사의 마 주임인데요!

마 주임은 덜덜 떨며 달려와, 급히 천막 아래로 끼어든다.

아이 엄마　젖은 옷 입고 있으면 감기 걸려요. 빨리 벗으세요!

마 주임　얼마 가지도 않아서…… 바로…… 바로…… 에취! (몇 번 연이어 재채기를 한다.)

노인　굳이 당신 혼자 돌아가더니만, 다 같이 있었으면 물에 빠진 생쥐 꼴이 되진 않았을 텐데.

마 주임　아, 영감님 아직 건재하시네요.

노인　어쨌든 길에서 쓰러질 순 없지! 당신 여전히 그 누군가 잘 보이려고 한턱 내는 것 먹으러 시내에 들어가려오?

마 주임　영감님은 그 일찌감치 끝났을 장기판 찾아가십니까?

노인　내, 내가 장기 친구 만나러 가는 게 뭐가 나쁘단 말이요?

아이 엄마　관두세요.

마 주임　저, 밉살스러운 입.

노인　당신은 당신 행실이나 살펴보시오.

아이 엄마　모두 한 조각 방수천 아래서 비를 피하면서도…….

마 주임　저 사람이 먼저 시비를…… 아…….(재채기가 나오려다 만다.)

아이 엄마　해가 뜨면 괜찮을 거예요.

마 주임　음, 이 비!

노인　이게 어디 비야? 눈이지!

사람들은 각자 방수천 아래로 손발을 뻗어 만져 본다.

아가씨　비예요.

안경잡이　(다리를 뻗어 밟아보고) 눈이에요.

청년　(뛰어나가 껑충껑충 뛰어보고) 햐아, 정말 빌어먹을 우박이 내려요!

숙련공　이 친구 또 멋대로군? 이것 좀 잡아.

청년 고분고분히 돌아와 방수천을 잡고 선다. 비바람이 섞이고 그 외에 다른 소리들도 난다. 자동차 발동 소리 같기도 하고, 브레이크 밟는 소리 같기도 하다. 또 말 없는 사람의 음악이 조용히 울리기 시작하며 갈수록 격렬해진다.

아이 엄마　어쨌든 못 갈 모양이군. (손가방을 집어 들며) 몇 년, 몇 달이나 더 기다려야 할지? ……이 빈지 눈인지도 그칠 줄 모르고 내리니…….

안경잡이　(고개를 숙이고 영어 단어를 외운다.) 잇 이즈 레인. 잇 이즈 스노우.

노인　(땅에 장기판을 그린다.) 포 옮기고, 마 뜨고.

아가씨는 조용히 생각한다. 방수천 아래에서 빠져나오며, 한 걸음 한 걸음이 모두 분명한 변화를 보인다. 관객석까지 다가왔을 때는 완전히 극 중 역할에서 벗어나 있다. 무대 위의 조명은 점차 어두워 진다.

아가씨   저게 비든 아니면 눈이든 무슨 상관이람, 삼 년, 오 년 또 십 년, 네 일생에 또 몇십 년이 있을까?

이하 세 목소리 동시에 들린다.

아가씨   네 일생은 이렇게 망쳐 버렸어.
안경잡이 (약하게) 잇 레인즈, 잇 레인드.
노인   (더 약하게) 마는 나가고 포는 물리고.

아가씨   이렇게 망쳤어. 영원히 이렇게 망친 채로 두냐고?
안경잡이 잇 이즈 레이닝, 잇 윌 레인?
노인   병 옮기고 차 나가고.

아가씨   넌 이렇게 원망만 하고, 고통스러워만 할 거야?
안경잡이 잇 스노우즈, 잇 스노우드.
노인   사 물리고 포 뜨고.

아가씨   이렇게 한없는 고통 속에서, 끝없이 기다려야 해?
안경잡이 잇 이즈 스노잉 앤드 잇 윌 스노우.
노인   차 나가고, 허어 사 물리고!

아가씨   늙은이는 이미 늙고, 새로 태어날 것은 태어나고.
안경잡이 레인 이즈 레인, 스노우 이즈 스노우.

노인	차 나가고 포 물리고.
아가씨	오늘이 지나도 또 오늘이 있고, 미래는 영원히 미래지.
안경잡이	레인 이즈 낫 스노우, 스노우 이즈 낫 레인.
노인	허허, 상은 물리고, 허허, 포는 옮기고.
아가씨	넌 이렇게 기다리다 원망 속에 생을 마감할 거니?
안경잡이	레인 이즌트 스노우 앤드 스노우 이즌트 레인!
노인	상은 물리고 차는 나가고, 장이야!

무대 밝아지고, 아가씨는 이미 무대로 돌아와 있다. 다시 자신의 역할로 돌아와 있다. 비바람 소리도 그쳤다.

숙련공	(하늘을 보고) 내 긴 비는 아닐 거라고 했지? 태양이 얼굴을 드러냈잖아? (청년을 향해) 방수천을 걷어야지.
청년	네! (서둘러 천을 걷는다.)
아이 엄마	우리 이제 가죠?
아가씨	(안경잡이를 보고) 우리 아직 갈 건가요?
노인	다들 어느 방향으로 가나?
청년	시내로 가죠. 아저씨?
숙련공	날 따라가려면 그렇지.
노인	아직도 시내로 가겠다고? 내 이 나이에도 걸어갈 수 있을까?
안경잡이	돌아가시려고 해도 어차피 걸어가야 하잖아요?

노인　　　그건 그래.

아이 엄마　그런데 내 짐이 너무 무거워서요.

안경잡이　아주머니, 제가 대신 들어 드릴게요! (큰 가방을 집어 든다.)

아이 엄마　고마워요. 영감님, 발밑을 조심하세요. 물 밟지 마시고.

아가씨　　조심하세요! (노인을 부축한다.)

노인　　　다들 앞서 가요. 나 때문에 처지지 말고, 나야 어디서 쓰러지든, 여러분 귀찮겠지만 땅에다 파묻어나 주어. 잊지 말고 비석도 하나 세워 줘. 비석에는 "여기 죽어도 후회할 줄 모르는 장기광이, 다른 재주는 하나도 없이 그저 한평생 장기만 두었다. 늘 시내 문화 센터에 들어가 한번 우쭐댈 기회를 찾았다. 기다리다 기다리다 늙어서, 시내 들어가는 길에 스러졌다."라고 적어 줘.

아가씨　　영감님 그게 무슨 말씀이세요?

노인　　　착한 아가씨! (안경잡이를 쳐다보니, 안경잡이는 어찌할 줄 모르고 안경만 추어올린다.) 마 주임, 당신은 갈 거요, 안 갈 거요?

마 주임　갈 거요! 반드시 시내 들어가서 그 자동차 회사를 고발해야지! 그놈의 경리를 찾아서 도대체 누굴 위해 차를 운행하느냐고, 자기네들 편하자고 그러는지, 승객 서비스를 위해선지 물어볼 거요. 이런 식으로 승객을 고생시킨 데 대해, 책임을 져야지! 법원에 소송을 낼 거요, 그들에게 손님의 나이와 건강을 허비한 것에 대한 손해 배상을 청구할 거요!

아가씨   웃기지 마세요, 그렇게 고발하는 사람은 없어요.

청년   (안경잡이에게) 정류장 팻말 좀 봐요. 이게 무슨 역이에요? 당신 그 전자시계 지금은 몇 시죠? 다 적어서, 자동차 회사에게 따져야지.

안경잡이   (정류장 팻말을 보고) 어? 정류장 이름이 없네.

노인   이상한 일이군.

청년   정류장 이름도 없는데, 팻말은 왜 세워? 다시 자세히 봐요.

아가씨   없어요.

청년   아저씨, 우리 헛고생했군요. 그 자동차 회사 불러다 파내라고 해!

노인   다시 봅시다. 팻말이 있는데 어떻게 정류장 이름이 없지?

청년   (팻말의 다른 면으로 달려가, 안경잡이를 보고) 이리와 봐요, 종이를 붙였던 것 같죠, 도장 자국이 조금 남았어요.

안경잡이   (세심히 살피고) 아마 공고가 붙었던 것 같군.

마 주임   그 공고는 어디로 갔지? 찾아보자!

아가씨   (위아래를 살펴보며) 비바람에, 벌써 흔적도 보이지 않는데요.

청년   (철난간 위에 올라서서, 팻말을 보고) 종이 붙였던

	흔적도 안 보이는데, 도대체 언제 일인지?
아이 엄마	뭐라고요? 이 정류장이 없어졌다고요? 그렇지만 지난 토요일날 내가 여기서…….
아가씨	언제 토요일이오?
아이 엄마	아니 지난, 지난…….
안경잡이	몇 년 몇 월 몇 번째 토요일이오? (안경이 거의 시계에 닿도록 가까이 들여다본다.)
청년	볼 필요 없어요, 바보같이. 벌써 건전지를 갈았어야죠.
숙련공	어쩐지 차가 서질 않는다 했지.
노인	우린 여기서 헛되이 기다렸단 말이야?
안경잡이	아니 헛되이 기다린 건 아니에요.
노인	(상심하며) 이 팻말은 뭣 때문에 아직까지 세워 뒀어, 사람 놀리는 거야?
아가씨	우리 가요! 우리 가요!
마 주임	아니지, 그들을 고발하러 가야지!
안경잡이	누굴 고발하겠다는 거예요?
마 주임	자동차 회사지, 이런 식으로 승객을 조롱해서 되겠어? 난 주임 자리를 걸고 해 볼 거야.
안경잡이	당신 자신이나 고발하세요. 누가 우리더러 자세히 보지 말랬나? 누가 우리더러 마냥 기다리라고 했나? 가요. 뭐 더 기다릴 이유가 없잖아요.
숙련공	우리 갑시다.
사람들	(중얼대며) 가요, 가요, 가요, 가요, 가요, 가요…….

노인	아직 걸어서 갈 수 있을까?
아이 엄마	시내에 물이 불어 다리가 무너지거나 길이 막히진 않았겠죠?
안경잡이	(급히) 불통일 리가 있겠어요? 지나간 차들이 얼마나 많은데?

멀리서 자동차 소리가 들린다. 사람들 모두 조용히 지켜본다. 자동차 소리가 이젠 사방팔방에서 들린다. 사람들 망연히 어찌할 바를 모른다. 다가오는 차의 부르릉대는 무거운 소리가 바로 가까이서 들린다. 말 없는 사람의 음악이 우주의 소리처럼 많은 차량의 부르릉대는 소리 위로 떠다닌다. 사람들은 각자 앞을 응시한 채 어떤 이는 관객에게로 다가가고, 어떤 이는 여전히 무대에 서서, 모두 자신의 역할로부터 빠져나온다. 조명도 따라서 변하여 명암의 정도를 달리하여 각각의 배우를 비추고, 무대의 기본 조명은 꺼진다. 이하의 대사는 일곱 명이 동시에 말한다. 가, 바, 사의 대사는 한꺼번에 연결되어야 하나의 흐름을 이루어 완전한 문장을 형성한다.

아가씨로 분장한 배우 가 그들은 왜 아직 가지 않지?

마 주임으로 분장한 배우 나　　　　　　　　　사람은

숙련공 으로 분장한 배우 다

아이 엄마로 분장한 배우 라

노인으로 분장한 배우 마　　　　　　　　다들 희극이

청년으로 분장한 배우 바　　　　　　이해할 수가 없어.

안경잡이로 분장한 배우 사

가　할 얘긴 벌써 다 했잖아요?

나　어떨 땐 정말로 기다리지. 당신 줄 서서 갈치 사

　　봤어?

다　기다리면 어때? 사람이 기다린다는 건 뭔가

라　어머니가 아이에게 말하지. "가

마　비극보다 연기하기 어렵대요. 비극이야, 해놓고

바　그래,

사　정말 알 수 없어.

가　　　　　　　　　　　　　　　　그럼 그들은

나　오…… 당신은 밥은 하지 않는군. 그래도 줄 서서

　　차는

다　바라는 게 있기 때문이지. 만약 바라는 것조차

　　없다면,

라　자! 아가야, 걸어 봐! 넌 영원히 걷는 것도 배울

　　수 없

마　관객이 울지 않으면, 배우라도 울면 되죠. 그런

　　데, 희

바　　응, 그들이……

사　　　　　아마……

가　왜 가지 않지?　　　　　　　　　　시간이

나　기다려 봤겠지. 줄을 선다는 건 기다린다는 거지.

　　만약

다　그땐 비참하죠.　　　　저 안경잡이 청년 말을 빌

　　리자면

라　을 거야. "그래, 스스로 기어가도록 해야지.

마　극은? 그렇질 못해.　　　　　관객이 웃지 않으면,

바　　　　　　　기다리는 것 같아.

사　　　　　　　　　　그들은 기다리고 있나 봐.

가　헛되이 흘러가 버렸잖아!

나　한나절 꼬박 줄 서서 기다렸는데, 파는 게 갈치가

다　절망이라는 거지. 절망은 DDT를 마시는 것과
　　같아.

라　물론 때론 도와줄 수도 있어요.　　그런 다음엔

마　　　자기가 무대 위에서 혼자 즐거워할 수는 없
　　거든.

바

사

가　　　　　　　　아! 정말 모르겠어, 정말.

나　가 아니고, 빨래판이었다면, 시내서 파는 빨래판
　　질이

다　DDT는 파리 모기 잡는 약인데. 사람이 뭐 때문에

라　……스스로 벽을 붙잡고……한 모퉁이에서……

마　　　　　　　　　　　　말하자면

바　　　　　　　물론 정류장이 아니지.

사　시간은 정류장도 아니지.

가

나　매우 좋아서 옷감도 안 상하고 좋다 해도, 이미

다　DDT를 마시고, 고생을 해?　　　　죽지는

80

라	또 다른 모퉁이까지, 다시……
마	관객에게 간지럼을 태울 순 없다는 거지!
바	
사	정류장도 아니야.

가	그들은 왜 가지 않지?
나	세탁기가 있다면, 당신은 반나절을 헛되이 기다린
다	않더라도 병원에 메고 가서 관장은 해야 할 테니,
라	……문 앞까지 오면, 또 좀 넘어져도
마	관객도 그렇게는 안 할 거고. 그래서,
바	종점도 아니야.
사	

가	정말 가고 싶으면
나	셈이니, 화를 내지 않을 수 없지. 그래서 말인데,
다	못할 일이지.
라	괜찮아, 다시 일으켜주면 되니까.
마	희극이 비극보다 연기하기 어렵다는 거지. 분명
바	그들은 가고 싶어 해.
사	정말 가고 싶은 건 아닌가 봐.

가	가는 거지.　　　　　　　　　　　그럼
나	기다리는 건 상관없지만, 중요한 건 이렇게 줄을
다	맞아요. 당신 밤길 걸어 봤어? 허허 벌판에 또
라	아이가 넘어지지 않고서야 걷는 걸 배울 수 없죠.
마	희극은 희극인데, 꽤나 우울한 기색을 하고,
바	그럼 당연히 가야지.

사 　　　　그럼 가야지.

가 그들에게 말해 줘요. 빨리 가라고!

나 서서, 도대체 뭘 기다리는 건지는 분명히 알아야

다 날까지 흐리면, 두 눈에 까막 칠을 했는지, 걸으면

라 엄마란 이런 인내심이 있어야지, 그렇지 못하면

마 우리 삶 속의 한심한 일들을

바

사 　　　　벌써 할 얘긴 다 했어.

가 　　　　　그들은 왜 아직도 가지 않지?

나 한다는 거지, 만약 당신이 줄을 서서 반생을 혹은

다 걸을수록 알 수가 없다니까? 날이 밝을 때까지

라 엄마 자격이 없지. 아니, 엄마 노릇을 못하지.

마 하나하나 펼쳐서 관중에게 보여 주어야 해. 그래서

바 얘긴 다했어.

사

가

나 일생을 쓸데없이 기다리기만 했다면,

다 기다릴 수밖에, 날이 다 밝았는데도, 게으름 피
우고

라 그래서 엄마 노릇하기가 어렵다는 거죠!

마 희극 배우가 비극 배우보다 훨씬 연기하기가

바 우린 그들을 기다리고 있어요.

사 　　우린 그들이 가기를 기다리는 거야.

가 모두들 빨리 가요!

나	그건 정말 웃기는 일 아니겠어요?
다	가지 않으면, 그게 바보 아니겠어요?
라	사람 노릇 하는 것도 쉬운 일이 아니니까, 그렇죠?
마	어렵다는 거지!
바	자, 가요!
사	갑시다!

사방팔방에서 차 소리가 가깝게 들린다. 각종 차들의 경적 소리가 섞여서 들린다. 무대 중앙의 조명이 밝아진다. 배우들은 각자의 역할로 돌아가 있다. 말 없는 사람의 음악이 웅장한 그러나 해학적인 행진곡으로 바뀐다.

안경잡이	(아가씨를 바라보고, 따뜻하게) 우리 갈까요?
아가씨	(끄떡이며) 음.
아이 엄마	어머, 내 가방?
청년	(경쾌하게) 제가 메고 있어요.
아이 엄마	(노인에게) 발밑을 조심하세요. (가서 노인을 부축한다.)
노인	고마워요.

사람들 서로 끌어 주고 부축하며, 함께 떠나려 한다.

| 마 주임 | 어이, 어이…… 기다려요, 기다려, 신발 끈 좀 묶고! |

독백

독백[1]
── 모노드라마

텅 빈 무대 위에 쉰 남짓 되어 보이는 남자 배우 한 사람이 소리 없이 등장한다. 노끈 하나를 꺼내 무대 앞 가장자리에 놓는다.

배우 (혼잣말로) 여기서 노끈 한 자락을 끌어내어, (고개를 들고 관객을 보며) 금을 하나 그으면, 여러분은 금 밖에 있고, 난 금 안에 있게 되죠.
(관객을 마주하고) 여기다 담을 하나 쌓아서, (허리를 굽혀 석회를 개어서 벽돌을 쌓는 시늉을 한다.) 여러분하고 배우인 나를 나누어 놓는다 이거죠.

---

[1] 1985년 4월 14일 베이징에서 발표했다.

그는 민첩한 동작으로 발밑에서부터 한 층 한 층 담을 쌓아 올라간다. 객석의 불빛이 그와 함께 점점 어두워지고 무대 위의 풋라이트가 점차 밝아진다.

　　그렇다고 진짜 담을 쌓을 수는 없는 거고. (멈춘다. 담은 이미 가슴까지 쌓였다.) 정말 담을 쌓아 버리면, 어디 내가 보이겠어요? (담 밖을 내다보다가 다시 담 안쪽을 본다.) 이 담 안에서 내가 보자고 연극하는 건 맥 빠지는 일이고. 이 담은 투명해야겠죠. 여러분들이 날 볼 수 있도록, 물론 내게 여러분이 꼭 보여야 할 필요는 없지만.

　계속 담을 쌓는다. 조금 빠른 속도로 단숨에 머리 높이를 넘겨 담을 쌓는다. 손에 아직 벽돌이 한 장 남은 것을 보고, 발돋움을 하고서 그 벽돌을 담 꼭대기에다 올려놓는다. 손을 비비며 숨을 돌린다. 객석의 등은 이제 모두 꺼지고, 무대 조명만 남아 있다.

　　이젠 나도 마음 놓고 극 중 인물로 행세할 수 있겠군요. 여러분들이 어떻게 따지고 비평을 하든, 객석에서 그 수다쟁이들이야 마음대로 떠들든 말든, 난 안 들리니까. 트집 잡기 명수인 관객 여러분의 눈길도 더 이상 내 몸에 소름이 돋게 하지는 못할걸요. 난 눈은 떴어도 일절 보이지 않는단 말씀! (완전히 무대 목소리로 소리를 한껏 높여 외친

다.) 난 이제부터 극 중 인물. 모노드라마의 주인
공이죠! 이제부터는 내가 주인공 자격으로 여러
분께 말을 하는 겁니다. 저……(작은 소리로) 내가
무슨 말을 하려고 했지?

(고개를 돌려 무대 뒤에다 대고) 대사를 잊어버렸어!
(대사를 불러주는 나이 지긋한 아주머니의 목소리를
흉내내어) 어쩌고 저쩌고!

(배우 자신의 소리로) 뭐라고요? 뭐라고?

(다시 아주머니의 목소리로) 저쩌고 어쩌고! ……!

(배우 자신의 소리로) 좋아. 이렇게 하자, 지금 난
극 중 인물로 살고 있어. 뭘 말하든, 어떻게 말하
든 상관없어. 사람들이 이 무대 위에서 내가 연기
하는 인물이 무대 아래서 생활하는 나라고 생각
하지는 않을 거고, 오히려 무대 아래 현실 속의
내가 거꾸로 무대 위 나의 배역을 창조해 내는 거
니까.

(자신감이 생겨 다소 과장된 연기로) 내가 만약 의
사 역할을 한다면, 점잖고 부드럽고, 말은 좀 우
물우물하겠지? 그건 늘상 입에 커다란 마스크를
쓰고 있기 때문이라나. 만약 각설이 타령을 하는
거지 역할을 한다면, 완전히 쉰 목소리를 내야겠
지. 책이나 물어뜯고 있는 샌님 역할을 맡는다면,
뱅뱅 도는 안경을 써야겠고. 그것도 아니고 외국
인 역할을 한다면, 팔에 나치 완장을 두르고 쉿

소리 요란하게 울리는 가죽 구두를 신고, 모든 것을 다 밟아서 파괴해 버리는 히틀러의 돌격대 소대장 역을 할 수도 있지. 혹은 뺀들뺀들한 베이징 사람 역도 할 수 있고. 허, 형씨들, 오늘 어르신께선 정말 더할 나위 없이 그럴듯했지요! 헤헤, 헤헤, 또 봅시다. 또 봐요! 물론, 아무 때나 명작을 공연할 수도 있죠. 젊은이는 로미오를 하고 싶어 할 거고, 나이가 들면 리어 왕이나 아니면 적어도 왕어리 정도는 할 수 있겠지. 하나, 또 하나 무대에 올리고, 또 올리고…….

(진실되고 소박한 모습으로 돌아와, 전혀 연기하는 것 같지 않게) 그러다 어느 날, 갑자기 자기가 늙었다는 사실을 깨닫게 되면, 정말, 자신이 손자 볼 나이가 되고 할아버지가 됐을 때 말예요. 자신이 늙었다는 걸 깨달았을 때보다 더 슬픈 건 없어요. 사람이란 으앙 하며 엄마 뱃속에서 나와 사람 알아볼 줄 알게 되고, 걷게 되고, 학교에 다니게 되고, 또 철들 때가 되면 포부도 생겨서, 나라를 구하고 백성을 위하는 것까지는 아니라도 나름의 사업이라도 해 보려 하죠. 우리 배우들로 말하자면, 제일 성공하는 것이 인기를 얻는 건데, 광고에 난 이름만 보고도 관객들이 단박에 표를 살 정도의 연기라는 게 어디 쉬운 일이겠어요? 몇 년 되지도 않아, 온갖 고생을 견디고 수없이 노력을 기

울렸는데도 쏟아지는 비난을 면할 수 없는 경우도 있어요. 이건 비만 한바탕 내리면 마디마디 쑥쑥 자라나는 봄날 죽순과는 다르거든. 사람으로 태어나서 뭔가 좀 이루려면 노력하지 않고 좌절을 겪지 않고 되는 법은 없죠. 일단 성공해서 유명인사가 돼도, 갖가지 질투 섞인 소문이나 혹은 소문 섞인 질투가 나돌면, 뒤에 뭐가 섞였든 간에, 엉덩이 뒤에 그게 따라다니면, 좀 우아하게 말해서 발뒤꿈치를 따라다니면, 마치 빗속에 진흙탕을 걷는 것처럼 신에 붙은 진흙이 갈수록 무거워져서, 떨어내 버릴 수 없는 것과 같아. 물론 그건 다 사람들이 유명 인사를 굉장하게 여기기 때문이죠. 이름이 나면 어떤 이는 그걸 중히 여기지만, 어떤 이는 화를 내죠. 내가 여기서 말하려는 건, 만약 당신이 한번 해 보고 싶었던 그 일을 아직 완수하지도 못했는데, 벌써 늙어 버려서 은퇴하고 손자나 돌보고 있다면 말이에요. 손자가 없으면 손녀라도 있겠지, 난난이든, 텐텐이든, 아니면 작은 펑펑이든, 어쨌든 하나는 있겠죠. 그 아이 콧물도 닦아주고, 쉬도 누이고. 그때 아이가 "할아버지" 하고 부르기만 하면, 마음이 영 푸근해질걸요? 슬프기도 하고 처량하기도 하지만 또 그만큼의 따사로움이 있으니, 그래도 마음 붙일 곳이 있는 셈이죠. 아니, 내가 무슨 얘길 하고 있지?

(정신을 차리고) 참 벽을 쌓고 있었지, 그래. 어떤
배우가 만약 꽤 능력이 있어서 관객과 자기 사이
에, 사람들은 자기를 볼 수 있고 자기는 사람들을
볼 수 없는 투명한 벽을 쌓을 수 있다면, 무대 위
에서 자신 있게 연기를 하고, 그래서 자격을 갖춘
배우가 될 수 있을 거야.

(걸어다니며, 소리를 높여) 무대 위에서 자유롭게
걸어다니고, 웃고 즐거워하거나 화내고 욕하거나,
사랑을 얘기하거나, 생로병사까지도 모두 그저 그
런 일인 듯이 말이야.

(갑자기 멈춰 서서) 하지만 좋은 배우가 되려면, 그
걸로는 부족해. 다시 돌이켜 그 벽을 부수어야지!
자기가 쌓은 걸 자기가 허물어야 해.

벽을 허문다. 한 개씩 벽돌을 쳐서 떨어뜨린다. 또 뭔가 의구심이
생겨 가슴 정도까지 허물다가 멈춘다.

(더듬으며) 여기다 창을 하나 낼까? 언제든 역할에
서 빠져나올 수 있도록. (창 앞에 기대어 서서) 이
정도는 여유가 있어야지, 바깥도 좀 기웃거리고.
무대 아래의 관객들과 교류도 좀 하고, 눈길도 주
고, 사람들 반응도 좀 보고, 눈 크게 뜨고 널 주
시하고 있는지 아니면 눈 딱 감고 정신 수양을 하
는지? 아마 귀를 더 쫑긋 세우고 들어야 할걸? 객

석에서 드르렁거리는 소리가 나지는 않는지. 아무 소리 나지 않으면 안심하고 계속하는 거지.

(마음이 불안한 듯, 몸을 돌려 다시 창밖을 내다본다. 낮은 소리로 자기 자신에게 말한다.) 너 오늘 연기는 좀 붕 떠 있어, 샤브샤브라도 먹었나 어찌 된 거야? (대답한다.) 오늘 그에겐 일이 좀 있었죠. 공연 시작하기 전에 병원에서 어머니가 막 돌아가셨거든.

고요하다.

(또 다른 냉정한 관찰자 같은 목소리로) 무대 경험이 많아서 상황에 맞춰 임기응변할 수 있는 배우라도, 역시 사람이잖아요? 어쨌든 한 어머니의 아들이고. 한 아내의 남편이고, 한 아이의 아버지고, 그에겐 자신의 생활과 가족들이 있고, 또 완전히 자기 자신에게 속한 자신의 내면세계가 있거든. 그러나 부모님이 돌아가셨다거나, 뜻밖의 불행한 일을 당했다거나 정신적으로 갑자기 충격을 받았다고 해서 그날 공연을 취소할 수는 없잖아요? 적지 않은 관객이 신이 나서 왔다가 김새서 돌아갈 테니까. 자기 자신이 아무리 괴롭다 할지라도, 관객의 감정을 상하게 해서는 안 되죠. 게다가 그는 자신이 하고 있는 역할에 충실해야 해요. 어쩌

면 껄껄거리고 웃어야 할지도 모르지, 물론 그 웃음이야 억지이긴 하겠지만. 관객의 눈빛을 보면서 마음을 가라앉히고 자신을 제어해야만 해요. (자유롭게 돌아다니며, 다소 목소리를 높여) 뿐만 아니라, 종종 자기가 별로 좋아하지는 않지만 맡아야 하는 역할을 연기해야 할 때도 있어. 물론, 정신을 바짝 차려야겠지. 그러나 뛰어난 배우는 이런 때일수록 자기 감정을 잘 극복하고, 자신에서 벗어나 관객처럼 옆에서 자신의 역할을 살펴볼 수 있어요.

(몸을 돌려) 난 산 사람을 사려는 거지, 죽은 건 필요 없어![2]

(몸을 돌려, 멈춰 서서) 그러나, 넌 그 젊은 여인을 사서 첩으로 삼으려는 방 태감도 아니잖아.

(다시 걸어다니며) 이 「호가십팔박(胡笳十八拍)」의 가장 중요한 점은, 내가 보기에, 감정이 있고, 사상이 있다는 거야. 이 시에는 무신론적인 견해가 담겨 있단 말이야.[3]

(멈춰 서서) 네가 궈모뤄가 그려낸 조조(曹操)라

---

2) 라오서[老舍]의 「다관(茶館)」 제1막에서 방 태감이 가난 때문에 팔려 나오게 된 강순지를 첩으로 사들이려 할 때, 강순지가 늙은 태감의 모습을 보고 기절하자 방 태감이 외치는 대사이다.
3) 궈모뤄[郭沫若]의 희곡 「채문희(蔡文姬)」 중 조조의 대사로, 여주인공 채염이 읊은 시 「호가십팔박(胡笳十八拍)」을 두고 한 말.

도 돼?

(흥분해서, 말이 술술 쏟아진다.) 넌 바로 너야. 넌 바로 배우인 너 자신이지. 넌 네가 타고난 재능과 품위, 그리고 지식으로 관객과 극 중 역할, 무대 위에서 네가 연기하는 역할 말이야, 그 역할에 대해 생각을 교환하는 거야. 바로 그 순간을 잘 포착해서 관객에게 창을 열어야 하고, 때로 그 창이 너무 작을 땐 아예 문을 내야 할지도 몰라.

(문을 여는 시늉을 하고 문지방을 넘어 들어온다.) 관객 속으로 들어가서 관객과 함께 네 역할을 만들어야지. 넌 네가 맡은 역할인 동시에 네 자신이기도 하지.

(문을 열고 문지방에 걸터 서서, 허리를 깊이 숙여 절을 한다.) 네, 마님. (그러나 눈동자를 계속 굴려 댄다.)[4]

(허리를 펴고) 그는 입으론 이 얘길 하면서도 머릿속에선 딴 생각을 하고 있다고. 이 배우 자신이 진짜 비굴한 사람은 아니지만, 이 비굴한 놈의 표정을 생생하게 표현해야 해. 결론적으로, 좋은 배우라면 때로는 자기 감정에서 우러난 연기를 하지만, 때로 자기의 한계를 넘어서야 해.

그가 현실에서는 우유부단한 사람일지 몰라도,

---

4) 차오위[曹禺]의 「뇌우(雷雨)」에서 안주인 조우판의 비밀을 아는 루궤이 치이가 바깥주인인 조우푸유엔에게 하는 대사와 동작.

장군의 역할을 맡는다면, 무대에 올라 크게 호령하는 소리에 삼군이 다 그의 명령을 따르게 될걸.

(한바탕 환호성이 조수처럼 밀려왔다가 사라진다.)

보통 때 그는 분명 이런 자신감이 없었을 거야. 그런 기세와 신념을 갖고 있는지 관객처럼 옆에서 자신의 역할을 살펴보아야 해. 이건 경극 배우들이 등장할 때 출진 준비 동작을 하고[5] 가끔 잠깐씩 정지 동작을 하는 것[6]과 비슷해서, 북소리 징소리가 울리면 배우는 바로 배역에 빠져들어 왕이나 장군이 되는 거지. 단지 전통극과 달리 화극에서는 그런 양식화가 이루어지지 않아서, 현실 속에 살아 있는 사람처럼 행동해야 하고, 특별한 목소리를 만들어 내거나 과장된 동작을 하는 건 용납되지 않거든.

(목소리를 좀 높여) 아주 평범한 한 배우가, 아무리 별 볼일 없는 사람이라도 상관없어, 무대 위 배우와 관객 사이에 존재하는 이 제4의 벽을 뛰어넘을 수 있다면, (풋라이트 앞까지 와서) 자신이 연기하는 배역의 눈으로 관객을 바라보고, 또 관객

---

5) 기패(起霸)라고 하며 중국 전통극에서 무장(武將)이 출정(出陣)하기 전에, 투구를 바로 쓰고 갑옷을 추스르는 등의 동작을 하는 것을 말한다.
6) 양상(亮相)이라고 하며 중국 전통극에서 배우들이 동작을 전환할 때 또는 등퇴장 시에 잠깐 멈추는 동작으로 배우의 형상이 두드러지게 하는 것을 말한다.

의 눈으로 자기 배역을 살피면, 그는 자신감 있는
배우, 뛰어난 배우라 할 수 있겠지. 적어도 자기
가 맡은 갖가지 배역에서 늘 자기를 연기하고 있
지는 않을 테니까. 또 명배우가 많은 관객을 앞에
두고 느끼는 고독과 기쁨, 혹은 슬픔을 감당해 낼
것이고, 무대 배경이나 소도구, 의상이나 분장, 심
지어 음향 효과나 조명의 도움 없이도 자신의 배
역으로 빠져들 수 있을 테지.

　무대의 조명이 점점 어두워져야 하지만, 완전히 끌 필요까지는 없
다. 배우는 여기서 자기가 가장 자신 있는 배역의 멋진 대사 한 단락
을 독백으로 하다가, 갑자기 멈춘다.

　　　(자신의 목소리로 돌아와) 배우가 일단 자기 배역을
　　　파악하면, 여유가 생기고 창조의 경지로 들어서
　　　게 되어, 자기 자신도 약간 만족을 느끼게 되죠.
　　　한편으로는 배역에 빠져들면서, 한편으로는 거기
　　　서 벗어나, (자기 자신을 살펴보며) 관객과 마찬가
　　　지로, 아주 흥미롭게 배역에 빠져든 자신을 바라
　　　보며, 자신을 조절하면, 어떤 지나친 연기도 있을
　　　수가 없죠.
　　　(더욱 진지하게) 하지만 배우가 언제나 자기 배역
　　　을 완벽하게 파악할 수는 없어요. 일단 이런 분
　　　별력을 잃으면, 몸 둘 바를 몰라 하며 어쩔 수 없

이 작위적인 과장된 연기로 자신의 약점을 감추려 하는데, 이렇게 작위적인 연기를 하면 할수록 더욱 고통스러워지고, 사람들이라면 누구나 갖게 마련인 갖가지 괴로움에다 자신의 배역을 찾지 못했다는 또 한 가지 괴로움을 더하게 되죠. 마치 실연한 것처럼, 여기 계신 분들도 모두 이런 비슷한 경험이 있으실걸요? 물론 지금 보기에는 다들 행복해 보이지만. 여러분들이라고 그런 실연의 괴로움을 맛보지 않았을 리 있겠어요? 실은 이런 괴로움을 더욱 깊이 느낀 배우일수록, 더욱 성숙해진다니까. 그는 계속 연기할 겁니다…….

시선은 무대 중앙을 향한다. 스포트라이트가 점점 밝아진다. 배역은 거기에 놔두고 자신만 빛 속에서 걸어 나온다.

(무대 끝에 걸터앉아) 그의 배역을 곰곰이 따져 보며 (무대 중앙의 스포트라이트 부분을 바라본다.)
(조그만 소리로) 그는 손으로 턱을 고이고. (손으로 턱을 고인다.)
아냐, 그는 손을 내려놓고. (손을 내려놓는다.)
무릎에 올려놓고 뭔가 생각하는 모습이다. (손으로 무릎을 쓰다듬는다.)
이게 아니지. (무릎 쓰다듬기를 멈춘다.)
그래 이거야. 그는 마침내 그의 손 처리에 대해 잊

어버리고, 일부러 생각하는 모습을 취하지 않게
되었어, 이제야 그의 배역 속으로 빠져 들어갔군.

일어서서, 눈치채지 못하는 사이에 이미 모습이 바뀌어, 좀 늙어
보이는 모습으로 천천히 한 걸음 한 걸음 스포트라이트 쪽으로 다가
간다.

(중얼중얼거리며) 그가 이제 움직이는군.
(빛 주위에서 조심스레 살핀다.) 왔다 갔다 하며 생
각에 잠긴다…….

무대가 완전히 깜깜해지고 스포트라이트만 남는다. 배우가 스포
트라이트로 들어와 그 안에서 한 바퀴를 돌고, 다시 관객을 마주한
다. 아주 곤란한 듯한 모습을 하고, 어조도 변해 머뭇머뭇거린다.

나도 모르겠소. 여러분 중 누구 이런 경험 있어
요? 밤에 자다가 갑자기 깨어났을 때, 온몸이 땀
에 젖어 있고 마음이 불안해서 다시는 잠들지 못
하는 경우 말이오. 나이가 들었단 거 아니겠소?
자다가 그냥 가 버려서, 어쩌면 내일 아침에 일어
나지 못하는 것 아닐까? 마누라는 여전히 옆에서
자고 있는데, 놀라게 하지 말아야 할 텐데.

(살그머니 일어나는 시늉을 한다.) 음, 내려가서 좀

걸어야지.

빛이 그를 따라 이동한다.

　　(혼잣말을 한다.) 잘 생각해야지. 남은 날들은 어
쩌지?

스포트라이트가 사라진다. 무대의 기본 조명 아래서 관찰자의 태
도로 돌아온다.

　　(총명하고 장난기 있는 모습으로) 당신도 배우라면,
주름도 생기고, 눈꺼풀이 늘어지고, 배는 나오고,
이제 다시 멋진 젊은이의 역은 할 수 없겠구나 하
고 생각하겠죠. 아가씨와 멋대로 뛰라고 해도 숨
이 찰걸? 청춘의 매력도 다 사라지고, 그렇다고
모두 셰익스피어의 리어 왕을 연기할 수도 없고.
그 고독한 노인을 연기하노라면 마음까지 서늘해
지거든요. 자기가 무슨 쓸모가 있는지 생각해 보
지 않을 수 없죠. 학생을 가르치거나, 회고록을 집
필하거나 모두가 직업을 바꿔 연출가가 될 수는
없는 노릇. 연출가란 직업은 곧바로 노인행이라고.
더욱이 레이건처럼 배우 노릇 잘 못하겠다고 대
통령이 될 수는 없는 거니까요! 어쩔 수 없이 고
뇌에 빠지게 되죠. 자신을 위해 뭔가 탈출구를

찾아야 해요. 아마 예술은 끝이 없는 거라고 할지도 모르죠. 청춘의 매력이 아니라, 자신의 예술적 능력에 의존한다고 말이에요. 환각을 만들어 내는 제4의 벽을 아예 허물어 버리고, 완전히 무대 위에 살아 있는 자신의 연기에 의존해서, 늙어 가며 오히려 더 단순함을 추구하는 거죠.

고요하다.

(경쾌한 목소리로 말한다.) 당신은 관객을 향해 지금은 숲 속에서 벌어지는 장면이라고 말만 해 주면 돼요…….

무대 조명이 더욱 어두워지고 옆 조명으로 그의 윤곽만을 드러낸다.

(마치 보이는 듯이) 깊은 숲 속에 작은 길이 하나 있군.

무대 깊은 곳에 한 줄기 어슴푸레한 빛이 나타난다.

그는 이미 노년에 접어들었어, 인생의 가을에. (그 빛 속으로 걸어 들어가)
낙엽이 지고. (고개를 든다.)

가을의 소리, 투둑. (귀 기울여 듣는다.)

황금색이지. (곁눈질로 바라보며, 눈을 더욱 가늘게 뜨고, 감탄한다.) 성숙의 계절이여.

(머리를 한쪽으로 갸우뚱한 채 수다스레 혼잣말을 한다.) 네가 자신의 연기력을 믿는다는 건 곧 관객의 상상력을 믿는다는 거야.

(고개를 숙이고 지팡이로 낙엽을 뒤적거린다.) 넌 이렇게 가을 속에서 자신의 봄의 발자국을 찾고 있어. 넌 곧 어느 해를 회상하게 되지. 그해 봄이 오기 전, 밤⋯⋯.

무대가 점점 어두워지고, 한 줄기 푸른빛만이 그를 비춘다.

어떤 농장에, 넌 거기 연극을 하러 간 게 아니고 땅이나 파라고 보내진 거지, 넌 거기서 400미터쯤 떨어진 곳에 있는 얼어붙은 강물 소리를 들었지⋯⋯. (정신을 집중하여 듣는다.)

멀리서 얼음 조각이 부딪혀 깨지는 소리가 더욱 잦아지고, 그 사이사이에 한 번, 또 한 번, 낮고 무거운 울림, 그리고 밤하늘의 기러기 울음과 후후 하는 날갯짓 소리가 들려온다.

넌 금세 아득한 소년 시절을 회상하기 시작하지⋯⋯.

신문 파는 한 아이의 노랫소리가 외롭게 그리고 이어졌다 끊어졌다 하며 들려온다.

가난하지만 그러나 기가 꺾일 줄 모르는…….

노란 조명이 그의 얼굴 위로 떨어진다. 그는 눈을 가늘게 뜨고, 사방을 둘러보며 노랫소리가 나는 곳을 찾는다. 노랫소리가 끊겼다가 사라진다. 바닷물이 밀려온다. 그의 얼굴에 비치던 빛이 사라지고, 대신 그의 뒤편에서 붉은빛이 비친다. 그는 마치 바다를 향해 뛰어가려는 듯 팔을 벌린다.

너는 그렇게 젊고 열정이 충만했지. 너는 인생을 동경했고 그것을 위해 분투했으며, 열정적으로 그것을 감싸안았어, 마치 저 바다가 너를 감싸안듯이.

점점 더 밀려오는 바닷소리와 함께 그는 흥분해서 큰 소리로 외친다.

야아호오! 어어 허이…….

외치는 소리가 바닷소리와 합쳐져 쓸려 가 버린다. 그는 우뚝 선다. 지금은 좌우 양쪽에 빨간 불과 파란 불이 번갈아 켜졌다 꺼졌다 하고, 그는 이리 봤다 저리 봤다 하며 망연히 서서 어쩔 줄을 모른다. 자동차의 날카로운 경적 소리와 확성기 소리가 난다. 왼쪽에서는 구호를 외치는 소리가, 오른쪽에서는 카랑카랑한 노랫소리가 난다. 그러나 모두 합쳐져서 분명하게 들리는 것은 하나도 없다.

넌 그냥 이렇게 중년으로 접어들게 되고, 한 교차로에서 영문도 모른 채 어떤 사고에 말려들어, 사람들에게 둘러싸였지만, 자신의 결백함을 잘 설명할 수가 없어. 자기가 무슨 잘못을 저질렀는지 알지도 못한 채 말이야. 이건 빨간 불에 서지 않았다고 신호 위반으로 벌금 좀 내고 훈계를 받는 것과는 달라.

사람들의 시끄러운 소리. 그는 마치 사람들에게 떠밀리고 얻어맞는 듯하다.

넌 또 이렇게 휘돌아가는 것에 무조건 끌려가지 않으려고 발버둥치지. 그와 함께 가라앉았다 떠올랐다 하면서.

도시의 갖가지 소음들. 그는 마치 사람들에게 밀리듯이 돌아선다. 얼굴의 조명이 색색으로 바뀌면서, 마치 네온사인이 비치는 것 같다.

마치 가장 번잡한 거리에서 혹은 지하철 출구에서 누가 네 발을 밟고 갔거나.

쭈그리고 앉아 신을 벗는다. 얼굴에 비친 빛이 명멸한다.

또 주머니에 넣어 두었던 열쇠를 잃어버린 것처
럼. 그 무수한 다리와 발들이 네 머리 위를 (기어
가며 열쇠를 찾는다.) 밟고 가지, 네 예술을 밟고
가. 그건 혼란의 시대였어, 문화의 생명을 앗아가
는 시대였지. 아무것도 분명한 게 없어, 넌 묻겠
지, 하지만 물어도 소용없어, 네가 만약 다시……
(마치 손이라도 밟힌 듯이) 아야…….

무대가 완전히 깜깜해진다. 그는 바닥에 엎어져 있고, 아무 소리
도 나지 않는 정적. 고요한 무대. 스포트라이트가 비추고 점차 음악
소리가 들리기 시작하면서 그는 천천히 일어나서, 꿇어앉는다. 완전
히 지쳐 있다.

막 대지진이 지나간 듯, 다 부서져 버린 폐허에서
사람들이 수습을 시작하는군. 깨어졌지만 아직
붙여서 사용할 만한 병 조각 항아리 조각을 챙기
고, 삶은 다시 본궤도에 오르겠지. 그래서…….
(뭔가 집어 들고, 들여다보며) 거기서 재 속에 묻힌,
아직 죽지 않은 꽃도 하나 찾아내서는 다시 물을
주지, 마치 너의 예술에게 하듯이.

음악이 웅장해진다. 박수와 갈채 속에 모습을 드러낸다. 스포트

라이트는 사라지고 무대에는 기본 조명만 비친다.

>(관찰자의 자세와 어조로, 조금 빠르게) 너의 작업이
>다시 인정을 받아, 권위자가 되었지만, 넌 아주 잘
>알고 있지. 이 자리엔 오래 앉아 있어서는 안 된
>다는 걸 말이야. 넌 배우에 불과해, 배우의 가장
>좋은 자리는 무대 위지. 네가 있는 자리가 불안하
>면, 잠도 편히 못 자지. 배우로 치자면 넌 이미 늙
>었다는 걸 알고 있는 거야.

관객에게 등을 돌리고, 점점 어두워지는 무대 위를 왔다 갔다
한다.

>네 방도 넓지 않아, 겨우 몇 평의 공간에서 맴을
>돌고 있군.

무거운 발소리와 똑딱거리는 시계 소리가 크게 들린다.

그는 관객을 향해 선다. 늙은 모습으로 돌아온다. 신을 벗어 손에
들고, 살금살금 걸어와 문을 여는 동작을 한다. 다시 살짝 문을 닫
는다. 마치 깜깜한 복도를 더듬듯 하면서 중얼거린다.

>공동 복도의 전등만 전문적으로 빼가는 놈도 있
>나 보군! (고개를 흔든다.)
>이 복도는 어떻게 된 게 끝도 없어? 이렇게 더듬

더듬 더듬다 보니 확 트인 곳으로 나왔네! (일종의
해방감과 쾌감을 느낀다.)

바람 소리.

전에 한 번도 와 보지 않았던 곳이군. (조금 당혹
스러워하며) 바람이 오른쪽에서, 아니 왼쪽에서,
아니, 마치 사방에서 불어오는 것 같은데? 정말
어디에서 오는 걸까? 이렇게 넓고 확 트여 있으니
오히려 어찌할 바를 모르겠는데?
(좀 불안해져서, 소리친다.) 여보세요……. 거기 누
구 있어요?
(중얼거리며) 정말 어찌, 어찌, 어찌해야 할지 모르
겠네…….

종잡을 수 없는 전자 음악.

(다시 서술자의 자세와 어조로) 이때, 그녀가 왔죠.
경쾌한 모습으로 종잡을 수 없이 흔들리며, 마치
꿈속에서처럼. 어디선가 그녈 본 것 같았죠, 어
쩜 소년 시절에 이웃집에 살던 여자 아이처럼. 너
희들은 어렸을 적에 함께 모래 장난을 했지, 모래
위에다 집도 짓고. 그 아이 얼굴은 기억할 수 없지
만, 어쨌든 마치 그녀 같다고 느끼며, 부드러운 애

기를 나누었죠. 그녀가 손을 내밀어 손가락 끝으
로 널 끌고 가는데, 사방에서 바람이 불어와, 발
밑이 써늘하고, 넌 멈출 수가 없어…….
(늙은 모습으로, 재채기를 한다) 에에취!

두 손으로 두 팔을 감싸안고 바보같이 웃다가, 또 금세 웃음을 거
둔다.

(몸을 돌려 관찰자의 어조로, 마치 자기가 분장한 배
역에게 말하듯) 이 꿈이 그래도 네게 뭔가 느끼게
해 주었을 것 같아. 네가 그렇게 애써 추구하던
새로운 역할이 이미 네 마음속에 싹터 있는 거지.
혈압이 높아지고 심장 박동이 불규칙해지는 이런
노년의 심장이나 혈관 증세들이 나타나도, 넌 여
전히 의사의 경고를 무시하고 기회만 있으면 무대
에 올라 뭔가 표현하고 싶어 하거든.

(눈을 깜빡거리더니, 늙은 모습을 드러낸다. 그러나 여
전히 다소 격정적인 모습으로) 우리 배우들은 시끌
벅적한 걸 좋아하죠. 박수 소리를 좋아하고, 관객
에게 사랑받기를 원하고, 적막함을 견디지 못하
는 사람들이죠. 이것도 우리 직업이 만들어 낸 문
제긴 하지만. 허나 한 배우가, 우리들 말로 하자
면, 자기 마음속에 있는 이 예술을 사랑하게 되

면, 새로운 역할을 창조하기 위해, 자기 생명까지도 기꺼이 바칠 수 있지요. 무대 위 또는 아래서 심장마비로 생을 마친 배우들이야말로 그들의 한 조각 마음을 예술에 다 바친 사람들이니, 관객들도 그들에게 그만큼의 허영은 용납하겠죠.

고요하다.

(조그만 소리로 자기 자신에게) 너 어떻게 된 거야?
(마치 자기 역할에서 겨우 깨어난 듯) 응, 그 노끈이 말이야…….
(큰 소리로) 누가 무대 위에다 노끈을 떨어뜨려 놓았어?
(조그만 소리로 자신에게) 네가 그런 거 아냐?
(큰 소리로) 뭐하려고 무대 위에다 노끈 같은 걸 버리고 그래?
(깨우쳐 주듯) 네가 그걸로 담을 쌓는다면서?
(귀찮은 듯) 무슨 담을?
(귀찮지도 않은 듯) 너희 배우들하고 관객을 갈라 놓는다는 그 제4의 벽인가 하는 거 말이야!
(고집스레) 그럼 관객들이 어떻게 연극을 보라고? 이 담은 투명한 것 아니었어?
투명하다면 뭐하러 담을 쌓는다는 거야? 부숴 버리지!

네가 쌓은 것이니 네가 부수렴.

좋아. (노끈을 집어 들어, 주머니에 쑤셔 넣고, 퇴장
한다.)

야인

야인(野人)[1]

다성부(多聲部)[2] 현대사시극(現代史詩劇)

시간　칠팔천 년 전부터 현재까지

장소　하천의 상하류, 도시와 산촌

등장인물　(등장 순서에 따라)

생태학자

노(老)가수 증백(曾伯)

증백의 조수

방(芳)이라는 외자 이름의 젊은 여인

---

1) 이 작품은 베이징 인민 예술극원에서 초연되었다.
2) 한 작품 내에 여러 주제가 함께 전개되는 작품이라는 의미이다.

삼림 지구의 임(林) 주임

여자 종업원

왕(王) 씨 성의 기자

남자 수문(水文) 작업자[3]

여자 수문(水文) 작업자

홍수 방지 대책 본부의 직원 두 명

손(孫) 씨 성의 초등학교 교사

매파

이(李) 장로

후생(后生), 이 장로의 아들

후생의 엄마

양(梁) 대장

기관 수매원

목재 장수

목재를 사러 온 농민

다른 수매원

숲을 지키는 자

반라의 몹시 여윈 중년 남자

진(陳) 간사

절름발이 유(劉) 씨

세모(細毛) 엄마

---

3) 자연계에서 일어나는 물의 각종 변화와 운동 현상을 연구하고 관리하는 사람.

세모, 어린 남자 아이

요매(幺妹) 엄마

요매

멍청이

손(孫) 씨 아줌마

할머니

야인(野人) 학자

박사

두 명의 두루미 밀렵꾼

야인 반대 학자

원시인(한 명 혹은 여러 명)

여자 아나운서

영국인 탐험가

프랑스인 지질학자

미국인 박사

미국인 교수

야인(野人) 조사대장

야인

    이상의 인물들은 한 배우가 여러 역할을 나누어 맡을 수 있다. 예를 들어 양 대장의 역을 맡은 배우가 숲을 지키는 사람이나 미국인 교수를 겸하여 맡을 수 있다. 절름발이 유 씨 역을 맡은 배우 역시 향을 태우는 반라의 남자 역을 맡을 수 있다. 여자 종업원 역을 맡은 배우도 손 씨 아줌마 역을 맡을 수 있다. 야인 학자의 역할을 하는 자도 야인 조사대장으로 분장할 수 있다. 야인 반대 학자도 박사로 분장할 수 있다.

아래 군중들도 위에 기술한 것처럼 여러 배우들이 교대로 나누어 맡을 수 있다.

극중　남녀 배우들
　　　도시 주민들
　　　인부들
　　　목재를 사러 온 사람들
　　　끊임없이 삼림을 약탈하는 유민
　　　한발을 쫓기 위해 탈을 쓰고 의식을 행하는 무리들
　　　벌목하는 자들
　　　신부를 맞이하는 신랑 측 사람들
　　　「열 자매 시집 보내기[陪十姐妹]」를 노래하는 여가수
　　　야인 조사팀의 대원들

1장
「김매기 농악[蹶草兒鼓]」, 홍수와 가뭄

생태학자로 분장한 배우가 극을 시작하기 전에 관객에게 아래와 같이 설명할 수 있다. 예를 들어, "우리는 이 연극을 무대에서뿐 아니라 극장 전체에서 공연할 수도 있습니다. 어떤 배우는 여러분이 계신 객석에서 혹은 바로 여러분 뒤에서도 연기할 수 있지요. 그러나 여러분의 객석 밑에서는 절대로 할 수 없으니, 이 점에 대해서는 걱정하실 필요가 없습니다. 다만 배우들이 객석으로부터 등퇴장할 때, 여러분께서 편의를 제공해 주시면 좋겠습니다. 또한 우리의 연극은 3장(章)으로 나뉘어 있는데 3막극과는 다릅니다. 막을 여닫지는 않기 때문이지요. 또한 다소 교향악 같은 면이 있지만, 음악이 아니므로 악장(樂章)이라 하지 않고 단지 3장이라고만 나눈 것입니다. 각 장은 모두 몇 개의 장(場)으로 구성되는데, 이 장과 장은 어떤 경우에는 마치 한데 달라붙어 뗄 수 없는 만두피처럼, 서로 붙어 있거나

중첩되어 있어요. 제1장의 「김매기 농악」은 본래 남쪽 산악 지대 농촌의 노동요인데, 소리가 우렁찰수록 일이 더욱 활기차지요. 한데 극장에서 이렇게 우렁차게 소리를 지르자니 너무 소란을 피우는 것 같아 걱정입니다. 다행히 우리 배우들도 모두 잘 알고 있어서, 그저 두어 마디 외치는 걸로 만족하겠습니다."라고 말이다.

노가수와 그의 조수가 등장한다. 조명이 갑자기 꺼지고, 무대 위에는 단지 노가수와 그의 조수만이 조명 아래 있다. 노가수가 북을 치고 조수는 징을 두드려 한바탕 징과 북소리가 시작을 알린다.

노가수　(노래) 논에 들어서면 저절로 소리 한 가락,
　　　　듣기 좋든 싫든 나는 모르겠네.
　　　　동창이 밝았네 한 가락 하고
　　　　사랑하는 아가씨 시집가네 한 가락 하고,
　　　　생각나는 대로 노래하지,
조수　　(노래) 어허야, 생각나는 대로 노래하지.

"에에헤야!" 하고 무대 위아래, 조명 가운데 홀로 혹은 쌍을 이룬 농부와 아낙이 잇달아 나타나며 소리를 받아 큰 소리로 노래한다. 그들은 호미를 들고 사립을 쓰고 논밭에서 김을 맨다.

생태학자가 등장한다. 그는 배낭을 멘 채 걸어가며 사방을 둘러본다.

노가수　(노래) 저만치 길에 사람 하나 오는구나,
　　　　간부 같지도 않고 농부 같지도 않네,

아니 또 한 사람이 오는가 보다,

사랑하는 아가씨 찾지 않고 그저 야인만 찾는
구나.

조수   (노래) 어허야, 그저 야인만 찾는구나.

여러 농민과 아낙 (즐겁게 응답하며) 에에헤야!

노가수와 그의 조수는 계속해서 북과 징을 울리고, 조명은 점
차 어두워진다. 생태학자는 배낭을 내려놓고 배우의 신분으로 돌아
온다.

생태학자로 분장한 배우 평원이든 산지든, 이 광대한 토지 곳곳마
다 도시를 이루었죠…….

음악 소리와 함께 각종 차량의 경적과 자전거 소리가 뒤섞인 도
시 거리의 소음이 들려온다. 남녀 배우들이 등장한다.

남자 배우 갑⎤
          ⎬ 마을과 마을이 잇달아 있네…….
여자 배우 갑⎦

생태학자로 분장한 배우 역시 도시죠. 또 논밭이 있어요.

남자 배우 갑⎤
          ⎬ 논밭과 시골…….
여자 배우 갑⎦

무대 깊숙한 곳, 밝은 조명 아래 노가수와 그의 조수가 여전히 징
과 북을 치며 노래를 부르고 있다. 그러나 도시의 소음 속에서 아주

아득하게 들릴 뿐이다.[4]

노가수　　(노래) 한 줄기 맑은 샘물,
　　　　　아가씨네 밭 사이로 흘러가네.
　　　　　채소 한 잎 뜯고,
　　　　　시원한 물 한 모금 마시네.
생태학자로 분장한 배우 기차에서 보면 끊임없이 이어진 한 줄기
　　　　　선이고, 비행기에서 아래로 굽어보면 그물망이지.
　　　　　그 그물코 사이는 바로 논밭이고.
남자 배우 갑
여자 배우 갑 논밭, 논밭, 논밭.
생태학자로 분장한 배우 그물처럼 얽힌 도시, 교외와 교외가 잇달
　　　　　아 있네.
남자 배우 갑
여자 배우 갑 마을과 마을이 잇달아 있고,
생태학자로 분장한 배우 도시
남자 배우 갑　　　　　　도시
여자 배우 갑　　　　　　　도시.
생태학자로 분장한 배우 논밭
여자 배우 갑　　　　　　논밭
남자 배우 갑　　　　　　　논밭.

---

4) 노가수가 노래하는 동안 동시에 다른 배우들이 무대 한쪽에서 대사와
연기를 진행하는 부분이다.

여자 배우 갑	도시, 논밭, 도시, 논밭.
남자 배우 갑	

생태학자로 분장한 배우 그리고 사람, 어디에서나 항상 분주하기
만 한 사람들이 어떻게 삼림을 찾을 수 있을까?
그 웅장하고 고요한, 아직 어떠한 소란이나 벌목,
유린, 방화, 약탈 같은 것은 겪어 보지 않은, 아직
속살을 다 드러낸 적이 없는, 처녀와 같은, 아직도
원시 생태계를 보전하고 있는 삼림!

조수	(노래) 위에서 아래로 한 줄기 강이 흘러오네.
노가수	(노래) 한 줄기 맑은 샘물
조수	(노래) 님은 백마를 타고
노가수	(노래) 아가씨네 밭 사이로 지나가네.
조수	(노래) 아가씨는 나귀를 타고,
노가수	(노래) 시원한 물 한 모금 마시네.
조수	(노래) 님은 말 위에서 사랑하는 아가씨를 부르네.

남녀 배우들이 무대 위아래 여기저기서 나타난다.

갑	그 웅장하고
을	고요한
병	아직 어떠한 소란과
정	벌목
무	유린
기	방화

경   약탈 같은 것은 겪어보지 않은

신   아직 속살을 다 드러낸 적이 없는

임   처녀와 같은

갑   아직도 원시 생태

계를 보전하고 있는 삼림!

생태학자로 분장한 배우 (각종 음향 속에서 큰 소리로)

강을 거슬러 올라가 보면 어찌나 혼란스럽고 혼
탁한지 진흙과 공업 폐수, 도시의 쓰레기가 강의
양 둑에 쌓여 있으니, 인류에 의해 파괴된 생태
환경이 원래대로 평형을 회복한 초록의 삼림은
어디에서 찾을 수 있을까?

일하며 부르는 메김소리[5]가 점차로 아득하고 약해진다.

조수   (노래) 아가씨 나귀 타고,

노가수   (노래) 아가씨네 밭 사이로 지나가네.

조수   (노래) 사랑하는 님을 부르며,

노가수   (노래) 시원한 물 한 모금 마시네.

조수   (노래) 메김소리 사이로 세 번 부르니

노가수   (노래) 한 줄기 맑은 샘물

조수   (노래) 님은 백마에서 내려,

---

5) 사람이 같이 일할 때 한 사람이 먼저 소리치면 나머지 사람들이 따라서
외치는 소리.

노가수　(노래) 아가씨네 밭 사이로 지나가네.

　조수　(노래) 아가씨는 나귀에서 내려,

노가수　(노래) 시원한 물 한 모금 마시네.

노가수와 그의 조수도 메김소리와 함께 어둠 속으로 사라진다. 도시의 왁자지껄한 차량들의 소음 가운데, 콸콸 쏟아 붓듯 내리는 빗소리가 점차 또렷해진다. 동시에 방(芳)이라는 젊은 여인과 여행 배낭을 멘 생태학자가 나타난다.

생태학자　가 볼게.

　방　응!

생태학자　다른 할 말은 없어? 부부 사이에 잘 갔다오라는 말조차 없어?

　방　당신을 기억할게요.

생태학자　또 다른 말은?

　방　당신은 좋은 사람이에요.

생태학자　이제야 알았어?

　방　하지만 좋은 남편은 아니에요.

생태학자　그만하지. 우리 다시 만나겠지?

　방　아마도……. 그러나…… 역시 안 보는 게 좋겠어요.

생태학자　오해였다고 칩시다. 야만인이 문명인과 만나면…….

　방　말대꾸하지 않는 편이 낫겠어요.

생태학자　이만 헤어지지!

　방　산에 가시면 몸조심하세요.

빗소리가 사라지고, 다시 희미하게 김매기 농악의 징과 북소리가 들린다. 삼림 지구의 주임이 찻잔을 두 손으로 받쳐 들고 등장한다. 생태학자는 여행 배낭을 어깨에 메고 등장한다.

생태학자 　실례합니다. 여기가 삼림 관리소인가요?

임 주임 　다들 퇴근했습니다.

생태학자 　삼림 지구의 책임자를 만나고 싶습니다.

임 주임 　내일 다시 오세요.

생태학자 　임업부의 소개장을 가지고 왔습니다. (꺼내서 그에게 건네준다.)

임 주임 　(소개장에 찍힌 도장을 보더니 즉각 말투를 바꾸고, 환대하듯 일어나며) 임업부에서 오셨어요? (재빨리 해명하며) 저희는 현(상부)의 전화를 받지 못했어요. 현의 임업부에서도 당신을 수행할 사람을 파견하지 않았나요?

생태학자 　저 혼자 걸어왔습니다.

임 주임 　임업부에서 차도 내주지 않았나요?

생태학자 　전 산길 걷는 것이 습관이 됐습니다.

임 주임 　(그의 장거리 여행용 옷차림을 위아래로 훑어보고, 다시 눈을 가늘게 뜨면서 소개장을 자세히 본다.) 네, 당신은 임업부에서 소개한 분이 틀림없군요.

생태학자 　네, 임업부 소개로 이곳의 삼림 지구를 관찰하러 왔습니다.

임 주임 　(다시 어투를 바꾸고) 그럼요. 잘 알지요. 모두들 야인을 살펴보려고 오죠.

생태학자   저는 생태학을 연구합니다.

임 주임   우리 삼림 지구에 오는 사람들은 별의별 직업을
다 갖고 있어요. (그에게 소개장을 주며) 이 소개장
을 가지고 숙소로 가서 여종업원을 찾아 등록하
시고, 일단 쉬십시오. 내일 사람들이 출근한 후에
기술과를 찾아가시면 됩니다. (곧장 걸어간다.)

생태학자   (그의 뒤를 따라가며) 실례합니다. 이곳 책임자의
성함이 어떻게 되지요?

임 주임   제가 기술과를 찾아가라고 말씀드리지 않았습니
까? 내일 오셔서 복도 맨 앞에 있는 사무실로 가
세요. 거기가 바로 기술과입니다.

생태학자   저는 삼림 지구 전체의 생태 상황을 알아보고 싶
고, 또 산에 들어가 보려고 합니다. 이곳을 지도
하시는 분께 제가 이곳에 온 이유를 설명해 드리
고 싶은데요.

임 주임   모든 일에 책임자를 찾아 대니 책임자가 너무 바
빠요. 그놈의 지긋지긋한 회의! 당신 보지 못했어
요? 지금도 막 회의가 끝났어요. 내 반평생을 모
두 회의하느라 보냈다고요! (큰 소리로 부른다.)
조 양!

"갑니다!" 하며 결코 젊어 보이지 않는 여종업원이 손에 커다란
열쇠 한 뭉치를 들고 뛰어 들어온다.

임 주임	야인을 찾으러 온 분이시니 방문을 열어드려요. 내일 누구 산에 들어가는 사람 있으면 이분을 유씨네로 모시고 가도록 해요. 거긴 산도 높고 숲도 빽빽해서, 야인을 찾으러 온 사람은 모두 그곳을 통해 가지요. (두 손으로 찻잔을 받쳐 들고 퇴장한다.)
여종업원	따라오세요. (그를 이끌고 방문 앞으로 간다.) 116호예요. 옆방에 머무르는 분은 기자신데, 그분도 야인을 찾으러 왔어요. (열쇠를 찾아 방문을 연다.)
생태학자	고맙습니다.
여종업원	별말씀을요. (퇴장한다.)

기자가 등장한다.

기자	안녕하십니까?
생태학자	안녕하세요.
기자	방금 도착하셨어요?
생태학자	예, 그렇습니다.
기자	댁도 야인을 조사하러 오셨어요?
생태학자	아, 예, 그렇다 할 수 있죠.
기자	이건 매우 민감한 문제여서 제 마음대로 소식을 전할 수도 없어요. 저는 기자입니다. (그와 악수하며) 저 역시 야인 학회의 회원이에요. 저는 야인조사 특별 기획 보도를 책임지고 있습니다.
생태학자	매우 흥미롭군요.

126

기자   당신은 야인이 있다고 생각하세요?

생태학자 이 문제에 대해서는 아직 연구해 본 적 없습니다.

기자   너무 겸손하시군요.

생태학자 저는 생태학을 연구하는 사람입니다.

기자   아, 그것 잘됐군요! 우리에겐 전문가의 의견도 필요해요. (습관적으로 수첩을 꺼낸다.)

생태학자 생태학이 도대체 무엇인지 아십니까?

기자   아, 조금 알긴 하지만, 뭐 그리 정확하게 알진 못해요.

생태학자 생태학이란 사람과 사람이 의지하는 자연 환경의 상호 관계에 대해 연구하는 학문입니다.

기자   그러면, 당신은 야인에 대한 조사가 생태학 연구에 어떤 중대한 돌파구를 가져올 거라고 생각하세요?

생태학자 저는 아직 연구해 본 적이 없는 문제에 대해 의견을 밝히고 싶지 않습니다.

기자   물론 당연히 옳은 말씀입니다. 그런데 제가 보기에는, 당신은 야인의 존재에 대해 부정적인 입장이신 것 같군요.

생태학자 아직 명확하게 조사하지 못한 일에 대해, 긍정적이든 부정적이든 결론을 말씀드리고 싶지 않습니다.

기자   과연 과학을 연구하시는 분답군요. 그러나 야인의 존재를 부인하는 것 역시 하나의 관점이지요.

생태학자 저는 논쟁하고 싶지 않습니다.

기자 좋아요, 우리 논쟁하지 맙시다. 당신이 와서 매우 기뻐요. 여기 산에는 오락거리도 하나 없어요. 날이 어두워지면 갈 곳이 없으니 저녁에 우리 이야기나 합시다.

무너지는 듯한 소리가 진동한다.

생태학자 뭘 폭파시키는 건가요?

기자 산을 깎아서 목재를 운반하기 위한 도로를 내는 거예요. 나중에는 자가용을 타고 곧장 산 정상까지 갈 수 있을 겁니다.

생태학자 이렇게 폭약을 터뜨리면 야인이 한곳에 머무를 수 있을까요?

기자 자신을 돌아봐요. 내가 말해 볼까요? 당신은 회의론자예요!

다시 우르릉 쾅 소리가 난다. 이번에는 놀랄 만한 천둥소리다. 무대가 어두워지고 폭우가 세차게 쏟아지고 홍수가 위협하는 도시의 밤이다. 차량 한 대가 물에 잠겨 있는 도로를 천천히 지나며 방송을 하고 있다. "전 주민은 잘 들으십시오! 전 주민은 잘 들으십시오! 모두들 빨리 집에서 나와 시내 삼림 공원의 고지대로 이동하십시오. 최고 수위까지 차오른 물이 곧 들이닥칩니다! 최고 수위까지 차오른 물이 곧 들이닥칩니다! 전 주민은 잘 들으십시오. 모두들 빨리 집에서 나와 시내 삼림 공원의 고지대로 이동하십시오! 최고 수위까지 차오른 물이 곧 들이닥칩니다!" 생태학자는 셔츠를 입고 창문 앞에 서 있다. 구석에는 조그만 스탠드가 있고, 방(芳)은 잠옷을 입은 채로 무릎을 웅크리고 침대 위에 앉아 있다. 방송 소리가 멀리 사라진 후에 무대 위아래에는 각 계층의 주민들이 나타난다. 모두들 비옷을 입거나 우산을 쓰고 조용히 처마 아래에 서 있다.

노인 　내 지팡이, 내 지팡이는?

그의 손녀 　여기요.

중년 남자 　엄마, 보따리는 가져가지 말아요, 피난 가는 게 아니에요!

아이 　나 판다도 데려가도 되지요?

주민들 　(여기저기서 어수선하게 수군거리며)
아, 이놈의 비…… 이놈의 비…… 아직도 안 끝났어…….
　이놈의 비…… 정말로…… 지긋지긋한 비…….
　　이놈의 비…… 이놈의 비…… 정말로 귀찮게 하는군……. 지긋지긋해.
　　　이놈의 비…… 이놈의 비…… 이놈의 비.

생태학자의 돌아선 그림자 　(심각하게) 거리에서 배를 타도 되겠군…….
강물은 여전히 수위가 올라가고 있다는데…….

주민들 　(어수선하게 중얼거리며)
여전히 수위가 오르고 있대…… 아직도 오르고

있대…….

여전히 수위가 오르고 있대…… 아직도 오르고 있대…….

여전히 수위가 오르고 있대…… 아직도 오르고 있대…….

여전히 수위가 오르고 있대…… 아직도 오르고 있대…….

남자 수문 작업자 (손전등으로 눈금을 살피면서)

한 시간에 또 27센티미터가 올라갔어요. 이미 역대 최고 수위를 넘어섰습니다.

여자 수문 작업자 (기록하면서) 건기 유량의 1800배로군요.

무선 전화기 속의 소리 홍수 방지 대책 본부, 홍수 방지 대책 본부, 들립니까? 들려요? 전화는 벌써 끊겼고, 여기는 청룡교(靑龍橋) 지역입니다. 위험한 상황입니다!

홍수 방지 대책 본부에서 파견된 두 사람이 무대 앞쪽에서 등장한다. 모두 비옷과 긴 장화를 신고 손전등을 들었다.

홍수 방지 대책 본부의 한 직원 (다른 사람을 향해) 둑이 발밑에서 흔들리고 있어……. 자네도 느꼈지?

두 사람이 퇴장한다.

남자 배우 갑 도시는 물보다 아래에 있고.

여자 배우 갑   물이 우리 머리 꼭대기까지 닥쳤어!

여자 배우 을   사방이 물바다야.

남자 배우 을   도시는 둑 가운데에 있어.

무선 전화기 속의 한 남자 (외치며) 구급대는 올라갔습니까?

무선 전화기 속의 또 다른 남자 부대가 대기 중입니다.

물속에서 어렵사리 운행하는 자동차 소리와 사람들이 뛰어가며
물을 가르는 소리.

주민들   (여기저기서 어수선하게 수군거리며)
아, 이놈의 비…… 이놈의 비…… 아…… 아직도
안 끝났어…….
　이놈의 비…… 정말로…… 지긋지긋한 비…….
　　이놈의 비…… 이놈의 비…… 정말로 지긋
지긋해…… 이놈의 비…….
　　　이놈의 비…… 이놈의 비…… 이
놈의 비…… 이놈의 비…….

아이   엄마, 아기 판다가 감기에 걸릴까?

폭우 소리가 들린다. 생태학자는 침대 앞에 서 있고, 방은 여전히
침대 위에 앉아 있다. 주민들은 사라진다.

생태학자   방, 무슨 일 있어?

방   별다른 일 없어요, 다만 우울할 뿐이에요.

생태학자	당신, 전에는 이렇지 않았어.
방	편치가 않아요, 즐겁지도 않고요.
생태학자	무슨 일 때문에 그래?
방	그저 즐겁지가 않아요.
생태학자	나와 함께 있는 것이 즐겁지 않다고?
방	만사가 다 즐겁지 않아요, 재미가 없어 죽겠어요.
생태학자	날 두고 하는 말이야?
방	당신을 포함해서요.
생태학자	그럼, 우리 생활을 두고 하는 말이야?
방	아, 모르겠어요. 짜증스러워 죽겠어요.
생태학자	(그녀를 껴안고) 무슨 일 때문에 짜증스러운지 나에게 얘기해 줄 수 없어? 나 때문에 그래?
방	아마 그럴지도 모르지요. (그를 밀어낸다.)
생태학자	내가 이번에 돌아오니 당신은 하루도 기뻐하는 기색이 없더군. 돌아오지 않는 편이 나을 뻔했군!
방	맞아요, 제일 좋은 건 당신이 이 집에 영원히 돌아오지 않고 이 집이 없다고 여기는 거예요. 따스함도 없고 사랑도 없고, 난 과부나 다름없어요.
생태학자	방, 제발 그렇게 말하지 마. 나는 일하는 거지, 놀러 다니는 게 아니라고. 나는 밖에서, 그것도 깊은 산속에서 일해, 혼자서 말이야, 나도 정말 힘들어.
방	내게 그런 얘긴 할 필요 없어요. 그건 당신 스스로 선택한 거잖아요. 당신은 본래 가정이 필요 없

	는 사람이죠. 당신은 가정을 가질 자격이 없어요.
생태학자	그럼 이번엔 가지 않고 당신과 함께 시간을 보내겠어. 연구소에 가서 계획을 한 달 연기하겠어.
방	당신은 날 이해하지 못해요. 난 이제 당신과 함께 살 수가 없어요. 더 이상 견딜 수가 없다고요!
생태학자	당신 도대체 왜 그래? 정신병이라도 발동했어?
방	이런 생활이 계속되면 난 정신병이라도 걸리지 않고는 못 배길 거예요. 이젠 참을 수가 없어요!
생태학자	정말 알 수 없군. 연극이라도 하고 있나? 방, 이리 와 봐, 돌아서 보라니까! 내 말 좀 들어 봐…….
방	날 놓아줘요, 제발 날 보내 줘! 정말 싫어, 지겨워요! 내 말은…….

생태학자는 침대 옆 탁자 위에 놓인 찻잔 하나를 집어던진다. 의자에 앉아 머리를 깊숙이 파묻는다.

무대가 어두워진다. 밖에서는 계속 주룩주룩 빗소리가 들리고 무겁게 문을 두드리는 소리가 난다. 빗소리. 사실은 바람이 불어 창밖의 나뭇잎이 쏴쏴거리는 소리이다.

생태학자의 소리 누구세요?

무대 위의 조명이 다시 밝아진다. 초등학교 선생님이 방문을 두드린다. 손에는 낡은 손가방을 들고 있다. 생태학자는 이불을 덮어쓰고 침대에 누워 있다.

초등학교 교사 접니다.

생태학자는 이불을 젖히고 일어나 문을 연다.

생태학자　　(기운 없이) 누구시죠?

초등학교 교사 저는…… 산에 있는 초등학교의…… 저, 손이라
　　　　　고 합니다…….

생태학자　　들어오세요.

초등학교 교사 아닙니다. 선생님이 혹시 야인을 찾으러 오신 분
　　　　　입니까? 사실은 사람들이 저보고 야인을 찾으러
　　　　　온 분을 모시고 산에 가라고 했습니다. 저는 유
　　　　　씨네 집으로 돌아가는 길이지요. 저는 그곳의 초
　　　　　등학교에서 아이들을 가르치고 있거든요.

생태학자　　그럼 들어오셔서 잠시만 기다려 주십시오.

　　초등학교 선생님이 방으로 들어오자 생태학자는 문을 닫는다. 무
대는 어두워지고, 무대 앞으로 건물에 상량(上樑)하는 인부들이 등
장하여 메김소리를 한다.

인부의 우두머리　(선창) 어허이야 디이야요아.

　인부들　　　(합창) 요아!

인부의 우두머리　(선창) 한 소리 할 때마다 가락 맞춰 응답하소.

　인부들　　　(합창) 요허아요아!

인부의 우두머리　(선창) 힘을 다해 대들보를 올리세.

인부들　　　(합창) 요허아요아!

인부의 우두머리 (선창) 관운장 손에 든 청룡언월도는.

인부들　　　(합창) 요허아요아!

인부의 우두머리 (선창) 오관을 지날 때 조조의 장수 여섯을 죽였지.

인부들　　　(합창) 요아!

인부의 우두머리 (선창) 장과로(張果老)는 나귀를 타고 동경으로 가다가.

인부들　　　(합창) 요허아요아!

인부의 우두머리 (선창) 개에게 물린 여동빈(呂洞賓)과 마주쳤네.

인부들　　　(합창) 요아…….

매파가 등장한다.

매파　　어머나, 아주 널찍하네! 아들 주려고 집을 지었어?

이 장로가 불을 붙인 향을 들고 등장한다.

이 장로　오늘은 정말 운수가 트였군요. 이르지도 않고 늦지도 않게 상량을 하는 데다, 행운을 줄 사람들은 다 왔네. 애야, 빨리 오 씨 아주머니께 담배 권해 드려라!

후생이 향 항아리를 두 손으로 받쳐 들고 등장한다. 얼른 땅에 놓

고, 호주머니에서 담배 한 갑을 꺼낸다. 이 장로는 몸을 돌려 위쪽을
향해 세 번 읍하고, 다시 몸을 돌려 향을 향 항아리에다 꽂는다.

매파 자네야말로 복받은 사람이지. 아들 셋하고 딸 둘
　　　을 모두 다 장가들이고 출가시키고, 또 이번에는
　　　아들에게 새 집을 지어 주다니.

후생 (두 손으로 담배 한 개비를 드리며) 오 씨 할머니, 담
　　　배 피우세요.

매파 장가갈 거냐?

후생 아직 정혼하지 못했어요.

매파 이렇게 큰 집을 지어 놓고 마누라 못 얻을까 봐
　　　걱정이야? 뉘 집 아가씨야?

후생 전 아버지 말씀대로 따를 거예요.

이 장로 허튼소리, 내 생각대로 하려 했다면 벌써 정했겠
　　　다. 그 방가네 둘째 딸은 얌전하던데, 네가 눈이
　　　작고 입이 크다고 싫어했잖니? 마누라 얻는 건 집
　　　을 잘 건사하려는 거지. 상 앞에다 앉혀 놓고 남
　　　에게 뵈려는 게 아니야.

매파 도시 사람들 그 뭐 자유연애라나 하는 거 배우지
　　　마라! 내 말 들어 봐, 자유연애도 무턱대고 하는
　　　게 아니야, 여보게, 그렇지? 자유, 그 자유라는 게
　　　다 한계가 있는 거야.

이 장로 그렇고말고요. 하지만 요즘 부모 말 듣는 애들이
　　　어딨어요?

후생   아버지, 언제 아버지 말씀 따르지 않은 적이 있어요?

이 장로   내 말은 분수에 맞는 아가씨를 얻으라는 거야, 네 엄마 얼굴에 곰보 자국이 몇 개 있어도 아들 낳는 데 아무 문제 없었다!

매파   그럼, 그 옴폭 파인 곰보 자국이 매력적이지.

후생 엄마   나를 두고 뭔 쓸데없는 소리를 해요? (수탉을 들고 등장한다.)

매파   칭찬했지, 젊었을 때 예뻤다고 칭찬했어.

후생 엄마   아니, 누가 오 씨 아주머니보다 나을라고요? 그 흰 피부에 보드라운 살결하며, 지금도 길을 걸을 양이면 사뿐사뿐 걷는 다리에, 허리는 꼿꼿하고 유연하게 획획 돌아가지요.

매파   허리가 어디에 있어, 말하자니 마음이 아프네. 젊어서도 저 둘둘 감아놓은 물통처럼 저랬는데. 말해서 뭐해, 서둘러 밥이나 지어, 이렇게 일하는 이가 많은데.

후생 엄마   아니에요, 후생 아버지가 상량하는 데 고사나 지내 달라고 청한 거예요.

노가수 증백이 도끼를 들고 등장한다.

매파   아니, 어떻게 증백까지 불렀어!

노가수   오랫동안 이런 걸 안 했는데, 원칙을 어겼달까 봐

걱정이야.

이 장로 내가 청한 것이니, 원칙을 어겼다고 하면 내가 책임지지요!

매파 허리춤에 넣어 둔 돈을 쓸 데가 없어 안달인 모양이지?

노가수 그러는 당신은 혀를 입속에 가만히 두면 썩을까 봐 노상 조잘대지?

매파 증백, 벌써 잊었소? 그 옛 노래「흑암전(黑暗傳)」때문에 목에 죄명을 걸고 비판당했잖아요?

노가수 중매나 서고 애나 받는 주제에 뭘 안다고. 나 오늘 안 할라네.

이 장로 어째서요? 향도 피웠고, 수탉 한 마리 잡는 게 무슨 대단한 원칙을 어기는 일이라고? 다 길하라고 그러는 건데. 증백, 당신 할 일이나 해 줘요!

노가수 (손바닥 한가운데에 침을 뱉는다.) 그럼 어기고 해 봐?

이 장로 해야죠!

노가수가 수탉을 받아들고 도끼를 든다. 상량하는 인부들이 다시 메김소리를 한다.

노가수 (큰 소리로 읊조린다.)
도끼가 한 번 울리니 하늘 문이 열리고,
노반(魯班)[6] 대사가 속세로 내려오네,
오른손에는 금강 도끼 들고,

왼손에는 봉황닭을 움켜쥐었네.

이 닭은 보통 닭이 아니요,

서왕모(西王母)의 새벽을 알리는 닭이라네.

낮에는 곤륜산 위에서 울고,

밤에는 주인집에서 우네.

소 귀신, 뱀 귀신, 개미 귀신, 개구리 귀신, 날아다
니는 것들, 기어 다니는 것들, 집 안팎의 요괴 귀
신, 등에 생기는 종기 귀신, 얼굴의 헌 데 할 것
없이 (손을 높이 들고 발을 구르며, 단번에 도끼로 수
탉을 잡는다.)

이 내 수탉으로 다 막으리라.

닭피 땅에 떨어지니, 운수대통이오!

매파　축하해, 축하, 돈 많이 벌고, 아들 손자가 집안에
가득하기를!

무리들이 메김소리를 외치는 인부들을 따라 퇴장한다. 다른 방향
에서 수목원 양 대장이 등장한다.

양 대장　(뒤쪽을 향해) 모두들 나를 따라와서 어쩌자는
거요?

목재를 사려는 사람들이 여전히 그를 따라온다.

---

6) 목수의 신.

야인

기관 수매원　　오늘 출하하시죠, 양 대장님?

양 대장은 바지 주머니에서 담배쌈지를 꺼내고 다시 웃옷 주머니에서 작은 종이 한 장을 꺼내며 종잇조각 위로 담배 가루를 쏟는다.

목재 장수　　(얼른 담배 가루를 치우고 필터가 달린 담배 한 대를
　　　　　　　양 대장 앞에 내민다.) 제 것 피우세요, 제 것 피우
　　　　　　　세요!

양 대장은 손으로 막는다. 이 사람은 얼른 담배를 갑째 그의 주머니에 쑤셔 넣는다.

양 대장　　(역성을 내며 말한다.) 뭐 하는 거예요!

그 사람은 할 수 없이 담배를 자기 주머니에 도로 집어넣고, 그를 향해 바보 같은 웃음을 지어 보인다. 양 대장은 담배를 말아 입술로 담배 만 종이 끝을 눌러서 입에 문다. 그러고는 몸을 더듬어 성냥을 찾는다. 기관 수매원이 잠시 주저하다가 얼른 라이터를 켠다. 그는 이번에는 거절하지 않고 라이터를 당겨서 담배를 피운다.

기관 수매원　　양 대장님, 오늘은 목재를 얼마나 출하할 건가요?
　　　　　　　제가 한 50평방미터만 살 수 있을까요?
목재를 사러 온 농민　(불쌍한 모습으로) 양 대장님, 저는 다만 나무
　　　　　　　몇 그루만 있으면 충분한데요······.

다른 수매원　이번에 목재를 사려고 일주일을 꼬박 기다렸어요. 관청의 허가서도 가지고 있으니 전부 출하해 주세요!

양 대장　줄을 서시오, 창구에서 줄을 서시오!

무리들이 즉시 긴 의자 앞에서 밀치고 떠밀면서 줄을 서고 있다.

양 대장　다들 어떻게 된 거예요? 그렇게 밀치고 떠밀면 목재가 나옵니까? 당신들의 구입 신청서를 모두 냈잖아요? 순서대로 합시다.

무리들이 얌전하게 긴 의자에 앉는다.

양 대장　(담배를 한 모금 늘씬하게 빨고 훈시하기 시작한다.) 여러분 모두들 알겠지만, 목재는 빠듯한 물자입니다…….

목재를 사러 온 농민　(불쌍한 표정으로) 양 대장님, 저는 그저 허드레 목재면 되는데요…….

양 대장　내 말이 아직 안 끝났어요.

기관 수매원　(아첨하며) 양 대장님, 대장님 손을 조금만 느슨하게 해 주시면, 그 목재들을 모두 출하할 수 있을 텐데, 다 대장님 한마디에 달려 있잖아요?

양 대장　(그를 상관하지 않고) 목재는 빠듯한 물자입니다. 왜 빠듯할까요? 왜냐하면 도처에서 나무를 벌목하기 때문에 숲이 없어요, 그래서 빽빽이 들어찬 우리 수목원으로 와요. 저는 여기에서 묻지요, 당신들은 그곳에서 나무를 베면서 어째서 나무 심을 생각을 안 하지요?

기관 수매원 우리들은 매년 숲을 가꿉니다.

다른 사람 우리들도 나무를 심었습니다.

양 대장 그러면 당신들은 무엇하러 여기에 와서 나무를 사려는 거죠?

기관 수매원 아직 다 자라지가 않았거든요.

양 대장 다 못 자란 거요, 아니면 자랄 수 없는 것이오?

무리들, 서로 얼굴만 쳐다본다.

양 대장 대답 좀 해 봐요!

다른 사람 (참지 못한 채) 아마도 두 가지 원인이 다 있겠지요.

양 대장 맞습니다. 나무는 병아리 까듯 열흘이나 보름이면 자라서 보금자리를 떠나는 게 아니지요. 또 사람 머리카락처럼 빽빽 깎으면 며칠 되지 않아 다시 자라는 것도 아니죠. 또 부추처럼 한 줌 베어 내면 또 한 줌 자라는 것도 아니에요. 나무 한 그루는 사람 한 명과 같아요. 사람은 서른 살은 먹어야 자립하지요. 그럼 나무는 어떻죠? 나무 한 그루는 삼십 년, 오십 년이 되어도 목재로 쓰기 어려워요! 그런데 요즘은 기계톱이나 전기톱으로 나무 한 그루를 그저 드르르륵 순식간에 끝을 내죠! "일 처리 너그럽게 하라."고들 하시지만 그건 정말 말도 안 되는 얘기지. 내가 너그럽게 했다면 이 숲은 벌써 다 벌목되어 벌거숭이가 됐을걸! 여러분 맞은편 저 산봉우리처럼 말이에요. 사람은 한번 미치면, 하늘을 덮은 메뚜기떼가 멀쩡한 농작물을 눈 깜짝할 사이에 다 먹어치우는 것 같은 기세지. 십여 년의 시간을 들였어도, 지금 당신들이 마주 대하고 있는 저 산, 이전에 모조리 다 베어낸 산에 어디 보기 좋게 자란 나무 한 그루나 있습니까? 당신들은 저마다 모두 환심을 사려고 왼쪽에서 양 대장, 오른쪽에서 양 대장 하지만, 사실은 그저 여기서 최대한 많은 목재를 얻어 가려는 속셈뿐이지요. 공적으로 필요한 것 외에 개인적인 몫까지 말이오. 저마다 승냥이처럼 욕심만 부리고, 날 못 잡아먹어 안달이지.

초등학교 교사가 생태학자를 이끌고 그의 뒤쪽에서 등장한다.

목재 사러 온 사람들 (계속해서) 양 대장님, 무슨 말씀을, 헤헤헤, 정말로, 양 대장님은 우스갯소리도 잘하시네…….
양 대장 우스갯소리라고? 나라의 법으로 관리하지 않았더라면, 당신들은 벌써 이 산을 남김없이 말끔하게 먹어치웠을 거야.

초등학교 교사 양 대장님, 아침부터 술 드셨어요?

양 대장 안 마셨어요, 안 마셨다고요. 손 선생님, 돌아오셨군요?

초등학교 교사 농번기 휴가도 지나갔으니 학생들도 수업을 해야죠. 여기는 일 년 사계절 내내 바쁜가 보죠?

양 대장 다들 목재를 달라고 야단이죠. (생태학자를 가로막고) 증명서 있어요?

초등학교 교사 상부 중앙 임업부에서 파견한 야인을 살피러 오신 과학자시오.

양 대장 됐습니다. 들어가십시오. 당신네 과학자들이야 얼마든지 와도 늘 환영입니다. 저는 중앙의 무슨 부나 성(省)의 무슨 기관 이름을 들먹이면서 오는 수매원들이 아주 성가실 뿐입니다. 나중에 이곳에 와서 술이나 한잔하시지요.

생태학자 (웃으며, 그와 악수한다.) 고맙습니다. 꼭 오겠습니다.

양 대장 (몸을 돌려 계속해서 목재를 구입하러 온 사람들에게 훈시한다.) 당신들 날 그저 벌목이나 하는 사람으로 보지 마시오. 난 당신들과 달라요. 난 이 나무들을 정말 아껴요! 난 속으로 나무들 때문에 울어요, 당신네들은 이해하지 못하겠지만. 나무한테 이야기하는 편이 낫다니까요. 나무가 오히려 사람과 통하지요. 못 믿겠다면, 저 하늘을 가린 숲 속에 가서 걸어 보세요. 나무 한 그루 한 그루가 이야기하는 것을 들을 수 있지요…….

무대 깊숙한 곳이 어두워지고 양 대장의 소리가 점차 멀어진다. 그와 목재 구입하러 온 사람들이 어둠 속으로 사라진다. 바람 소리, 숲의 소리. 두견새가 운다.

생태학자　　(멈춰 서서 귀 기울여 듣는다.) 두견새네!

톱 소리. 숲 속의 벌목공이 넘어지는 나무 앞에서 주위 사람들의 주의를 환기시키기 위해 외치는 소리. 초등학교 교사가 퇴장한다.

커다란 나무 한 그루가 부러져 지끈둥 갈라지는 소리와 쿵 하며 땅에 넘어지는 떠들썩한 소리.

숲 속 깊은 곳, 양 대장으로 분장했던 배우가 웃옷을 벗고 숲을 지키는 관리인으로 분장한다. 손에는 반자동 소총을 가지고 있다. 사람들의 외치는 소리, 그 주위에 도끼를 들고 톱을 멘 사람들의 그림자가 수없이 나타난다. 그는 점점 다가오는 벌목하려는 군중들을 향해 총을 들고 큰 소리로 욕을 하나 여전히 효과가 없다. 그는 자기를 위협하는 군중들을 향해 두 손으로 총을 받쳐 들고 후퇴한다. 이제 그와 군중들 사이에는 아주 조그만 공간밖에 없지만, 군중들은 결코 후퇴하지 않는다. 그는 소리를 지르며 허공을 향해 총을 들어 세 발의 총을 쏜다.

핑! 핑! 핑!

와와와. 격노하는 군중들의 모습.

그는 총을 짚고 총신에 의지하여 커다란 반원을 그리며 빙 돌더니 꼬꾸라진다. 영상이 사라지고 생태학자는 퇴장한다. 그러나 이 영상에는 소리가 없고 다만 숲속 벌목공의 함성 소리와 톱질 소리만

들린다. 이때 기계톱, 전기톱, 트랙터, 중형 디젤트럭 소리로 구성된
음악. 뒤이어 주룩주룩 쏟아지는 빗소리로 바뀐다. 무대가 밝아진다.
　생태학자는 의자에 앉아 있고 방은 침대 가장자리에 앉아 있다.

　방　　　우리에겐 충분한 대화가 필요해요.

생태학자　얘기합시다.

　방　　　우리들은 마땅히 끝내야 한다고 생각해요.

생태학자　당신은 이혼을 말하는 거야?

　방　　　네.

생태학자　당신은 아름답고 또 아직 젊고, 아이도 없으니까……

　방　　　그렇게 말하지 마세요!

생태학자　내가 말한 건 사실이야. 당신은 다시 마음에 드
　　　　　는 상대를 찾기가 어렵지 않아. 혹시 이미 있는
　　　　　거야?

　방　　　당신은 날 전혀 이해하지 못해요.

생태학자　나는 영원히 당신네 여자들을 이해할 수 없어.

　방　　　당신 같은 남자도 없을 거예요.

생태학자　내가 스마트하지 못해선가.

　방　　　당신은 너무 촌스럽고 무심해요.

생태학자　무슨 방도가 있어야지? 오랫동안 숲속에 들어가
　　　　　지냈어. 야인과 사귀었지.

　방　　　어떤 여자도 당신과 함께 살 수 없을 거예요.

생태학자　당신이 말하는 사람은 마음이 섬세한 여자이거
　　　　　나 혹 유행에 민감한 여자야. 난 단지 아이를 낳

아 줄 마누라가 필요할 뿐이야……

방 맞아요. 당신이 필요한 것은 여자일 뿐, 여자의 마음은 전혀 이해하지 못해요. 내가 원하는 것은 가정, 따뜻한 가정이라고요. 저는 자상하게 돌봐 줄 남편이 필요해요. 그뿐 아니라, 난 명실상부한 아내이고 싶어요. 당신은 나를 따뜻하게 해 주지 못해요. 당신은 편지 한 장 보내지 않잖아요. 어쩌다 편지가 와도 무뚝뚝한 내용에 그저 몇 줄이죠. 난 살아 있는 사람이고 생활이 필요해요! 당신의 그 과학은 날 구하지 못해요. 백 년이 지난 후에 하수가 오염이 되건 말건 내겐 상관없어요. 백 년이 지난 후에 지구가 어떻게 되든 내 알 바 아니에요. 그땐 이미 재로 변해 있을 테니까요. 나도 곧 서른이고 늙어 갈 거예요. 한 여인의 청춘도 몇 년밖에 되지 않죠. 내 청춘도 곧 흘러가 버릴 거고요. 난 유행을 따르지만 유행도 몇 년 지나면 그만이에요. 난 치장하는 걸 좋아하고 남들한테 칭찬받는 걸 좋아해요. 난 당신과 함께 산속엔 갈 수가 없어요. 거긴 내가 할 일도 없고, 난 밥하고 애 낳는 기계도 아니에요.

생태학자 방, 당신을 사랑해.

방 당신은 날 따뜻하게 해 주지 못해요. 당신은 가서 당신 좋아하는 일이나 하세요. 당신의 숲이나 사랑하고 야인이나 사랑하세요. (운다.)

고요하다. 빗소리 가운데, 처마 아래의 주민들이 무대 깊은 곳의 고지대를 향해 묵묵히 걸어간다. 여전히 우산을 쓰고 비옷을 입고 있다.

방　(스스로 눈물을 닦는다.) 할 얘기가 있으면 해 보세요.

생태학자　동의해.

방　이혼에 동의한다는 말인가요?

생태학자　이 집 전부를 당신에게 주고 나는 기숙사에 머물겠소. 당신이 다시 결혼해도 가구와 집기를 살 필요가 없소. 당신이 이미 마음에 두고 있는 사람이 있는지 나에게 말해 줄 수 있어?

방　있어요.

생태학자　누군지 말해 줄 수 있어?

방　당신도 알 만한 사람이에요.

생태학자는 가볍게 휘파람을 분다. 두 사람 모두 사라진다. 탐색하는 듯 끊어졌다 이어졌다 하는 매미 소리가 휘파람 소리에 장단을 맞춰 호응한다.

높은 지대에 빽빽이 들어찬 사람들이 우산을 접고 고개를 들어 허공을 바라보고 있다.

헬리콥터가 공중에서 빙빙 도는 소리.

"앙! 앙! 앙! 앙!" 어린아이의 울음소리.

여자 목소리 아기다! 떠내려오네! 대야, 대야 안에, 보았어요?

남자 목소리 멍청히 있지 마! 저 나무토막을 건져 와! 떠내려 가겠어…….

가문 날씨에 매미가 맹렬하게 울어 댄다.

한발[7]을 쫓기 위해 탈을 쓰고 춤을 추며 기우제를 지내는 행렬이 징과 북을 치며 등장한다. 또 우우 하고 나팔을 부는데, 이 나무로 만든 긴 나팔을 한 사람이 앞에서 어깨에 메고 다른 한 사람이 뒤에서 분다. 무리 앞에서는 술을 늘어뜨린 누런 표지로 만든 우산 모양의 신대를 받쳐 들고, 뒤에서는 송곳니 모양의 테를 두른 삼각 깃발을 쳐들고 있다. 사람들은 모두 나무로 깎은 탈을 쓰고 미투리를 신고 허리에는 붉은 띠를 둘렀다. 머리에는 꿩 깃을 꽂은 이도 있다. 손으로는 강철 칼이나 삼지창, 삼절 곤봉이나 쇠사슬 등 각종 병기를 마구 휘두른다. 이들을 이끄는 무당도 마찬가지로 탈을 쓰고 손에는 보검을 들고, 앞뒤 좌우로 술 취한 남자처럼 '우임금의 걸음걸이[禹步]'라는 독특한 걸음걸이를 한다.

반라의 몹시 야윈 중년 남자 하나가 불을 붙인 향을 두 손으로 받쳐 들고 한발을 쫓는 의식의 대열을 향해 무릎 꿇고 엎드려 절한다.

생태학자로 분장한 배우 (등장한다.) 칠팔천 년 전에는, 그보다 더 오랜 연대에 대해서는 말할 필요도 없겠지만, 이 강의 양 둑에, 평원과 이어진 산은 모두 끝없는

---

7) 가뭄을 일으킨다는 전설의 신.

원시림으로 이루어져 있었습니다. 강은 단지 광대한 숲의 바다에 때론 감추어졌다가 때론 나타나는 하나의 선에 불과했습니다. 그 울창한 숲에서 인류가 나와 강의 양 둑에서, 돌을 깨서 만든 뾰족한 돌조각과 짐승 가죽의 끈으로 묶어 만든 돌도끼를 사용하여, 조금씩 조금씩 개척해서 움집을 만들고 가축을 기르고 농사를 짓게 되었지요······.

2장
「흑암전(黑暗傳)」과 야인

몇몇 배우가 관객석에 와 앉거나 혹은 관객과 인사하거나 이야기를 나눈다. 진 간사로 분장한 배우가 무대에 등장하여, 큰 소리로 이배우가 왔느냐 저 배우가 왔느냐 묻고, 일일이 이름을 부른다. 그런 후 그는 힘껏 박수를 치고 사람들에게 조용히 해달라고 요구한다.

진 간사   좋아요, 여러분 모두 조용히 해주세요! (자기 옆에 있는 기자를 가리키며) 이분은 신문사에서 오신 왕 기자입니다. 여러분을 통해 야인에 관한 일을 조사하기 위해 왔답니다. 여러분 모두 야인에 대한 얘기를 들어 봤죠? 야인이 어떤 모습인지 모두들 왕 기자에게 얘기를 좀 해 주세요. 먼저 왕 기자의 말씀을 좀 듣겠습니다. (자기 혼자서 박수를 친다.)

왕 기자   저희가 여러분을 오시라고 청한 것은 조사를 좀
         하기 위해섭니다. 듣자 하니 여기에 야인이 있다
         고 하더군요. 야인을 조사하는 과학자뿐 아니라,
         사회 각계에서도 야인에 대해 지대한 관심을 가
         지고 있습니다. 야인에 관한 과학적 조사는 이미
         우리 신문의 주요 뉴스가 되었습니다. 또한 국내
         뿐 아니라 외국의 학자들도 야인을 연구하고 있
         답니다. 야인은 오늘날 세계 4대 불가사의 중의
         하나이고, 각국의 과학자들이 모두 우리들의 조
         사에 획기적인 성과가 있기를 기대하고 있습니다.
         이제 여러분께서 말씀을 좀 해주세요. 여러분께
         서 직접 본 것이든 혹은 다른 사람에게서 들은 것
         이든, 다 좋습니다. 자, 어느 분이 먼저 말씀하시
         겠습니까?

진 간사   왕 기자는 전문적으로 야인을 취재하러 왔습니
         다. 여러분 중 누가 야인을 보았다고 하지 않았
         소? 절름발이 유 씨, 당신 먼저 말해 봐요!

절름발이 유 씨 아, 아, 아니에요, 진 간사님, 전 잘 말할 줄 몰라요.

진 간사   아니 평소에는 야인 얘기만 하면 줄곧 흥이 나서
         말하지 않았소? 말해 보라고 하니 도리어 움츠러
         드네. 말해 보라면 해 봐요!

절름발이 유 씨 (목청을 가다듬고) 야인은, 사람과 비슷해요. 사람
         처럼 말은 못 하지만요. 그렇다고 사람하고 통하
         지 못하는 건 아니에요. 사람이 저한테 잘해 주면

저도 사람한테 잘하지요. 꽥꽥, 꽥꽥 하며 울부짖어요. 그게 바로 인사하는 거죠. 또 히히히히 하며 웃을 줄도 알아요. 그건 기분이 좋을 때죠. 만약에 남자 야인이 여자를 만나면요, 이렇게 아아아아 해요…….

진 간사 쓸데없는 소린 빼고!

절름발이 유 씨 야인에 대해서 이야기하라 하지 않았어요?

왕 기자 당신이 야인을 어떻게 만났는지 계속 이야기해 봐요. 직접 보았어요? 아니면 다른 사람이 말하는 걸 들었나요?

절름발이 유 씨 제 눈으로 직접 보았어요!

왕 기자 언제, 어디서?

절름발이 유 씨 그 이야길 하자면 머리를 쥐어짜야 해요. 대략 삼십 년 전 쯤일 거예요. 내 다리에 아직 목발이 없었으니깐. 제 이 다리는 마흔한 살에 끼운 거예요. 사람들하고 무리 지어서 소리개 바위에 가 약재를 캐다가 넘어져서 절뚝거리게 되었지요. 옛날에 제 다리가 얼마나 재빨랐는지, 얼마나 민첩했는지…….

진 간사 누가 당신 다리 얘기하라고 했소? 야인에 대해 말하라고 했지, 봤으면 봤다고 말해요.

절름발이 유 씨 봤어요.

진 간사 봤다고 말했으면 됐어요.

절름발이 유 씨 왕 기자가 시간하고 장소를 묻지 않았어요? 제가 정확하게 말하지 않으면, 다시 묻게 되니까 번거롭게 하지 말아야지요?

진 간사 됐소, 빨리 말해요! 당신 혼자서 저녁 시간을 죄다 전세 낼 거야?

절름발이 유 씨 제가, 그날 아침 일찌감치 고구마 짐을 지고 장부순(張富順)이하고 함께 양식 팔러 산을 내려갔지요. 우리들이 서산까지 걸어갔을 땐 이미 한나절이 지났지요. 우연히 가죽 한 장을 메고 가는 두 사람을 만났어요. 장부순이가 "희귀한 것이구먼, 얼른 봐요." 하기에, 나는 "뭔데?" 하고 물었더니, 그는 "야인 가죽."이라고 했어요. 그래서 내 자세히 봤지요. 놀라 나자빠지겠더라고요. 이런 장난 같은 일! 그때 전 그들하고 한 서너 자밖에 떨어지지 않아서 아주 분명하게 보았어요. 그 가죽은 길이가 여섯 자 정도고 머리와 몸 전체에 털이 나 있었고 머리카락도 꽤 길어 가슴 앞에까지 흐트러졌어요. 팔뚝은 사람 손하고 거의 비슷했고 털북숭이였어요. 아! 목은 전체가 일고여덟 치쯤 되고, 안으로 볏짚을 채워서, 그 머리가 이렇게 축 늘어졌고 걸을 때 좌우로 흔들거렸어요……

세모 엄마 세모야, 집에 가서 자거라!

세모 졸립지 않은데.

왕 기자 꼬리가 있었어요?

절름발이 유 씨 꼬리가 있으면 원숭이게요? 원숭이는 제가 많이 보았어요, 틀림없어요. 그 앞가슴엔 젖도 한 쌍 있는 걸로 봐서 암컷이었어요. 그 젖꼭지는요…….

진 간사 됐소, 다른 사람이 얘기 좀 해 봅시다!

요매가 일어나 걸어간다.

요매 엄마 요매야…….

요매 엄마, 저 안 들을래요.

세모 엄마 (세모에게) 요매 누나에게 널 집에 데려다주라고 해야겠다.

세모 전 안 갈래요.

요매는 작은 나무 의자를 들고 퇴장한다.

왕 기자 이렇게 말씀해 주시니 아주 좋습니다. 세세한 것 까지 들어야 해요. 얼굴은 어떻게 생겼어요?

절름발이 유 씨 총으로 막 때렸는지 엉망이어서 잘 보지 못했어요.

왕 기자 방금 당신과 누가 같이 있었다고 했는데…….

절름발이 유 씨 장부순이 말이에요? 죽었어요, 한 십여 년 됐을 거예요, 약을 잘못 먹어서. 그 친구는 무슨 혈흡 충이라든가 배에 문제가 생겨서…….

왕 기자 그 야인을 메고 가던 두 사람을 기억하세요?

절름발이 유 씨 그저 길 가다가 우연히 지나쳤는데 어떻게 기억 을 해요? (다른 사람에게 말한다.) 모두 삼십 년은 지난 일인데요.

왕 기자   어느 분이 또 얘기해 보실까요?

진 간사   멍청이, 자네가 얘기해 보지, 야인 고기를 먹어 보았다고 하지 않았어?

멍청이   어, 너무 오래돼서요, 전 그때 열 살도 안됐어요. 세모보다 훨씬 어렸는데요.

진 간사   정말 먹어 봤어?

멍청이   먹어 봤어요. 왜, 안 먹어 봤다고 할까 봐요?

진 간사   그럼 얘기해 봐요.

멍청이   얘기해 보라면 하지요. 진 간사님, 이건 나한테 말해 보라고 시켜서 한 거예요. 며칠 지나서 또 나더러 엉터리로 지어서 이야기했다고 덮어씌우지 마세요. (사람들을 향해서) 그는 경우를 잘 알거든.

사람들이 웃는다.

진 간사   (언짢은 기색으로) 뭐가 우스워?

사람들이 웃음을 멈춘다.

멍청이   저는 송내벌[松香坪]에서 먹었어요. 어떤 사람이 야인 한 마리를 때려잡아서 그 야인 고기를 나누어 먹었어요. 제가 왜 송내벌에 있었냐고요? 전

삼촌을 따라 죽세공 기술을 배우고 있었어요. 삼촌이 절 데리고 갔는데, 바로 그때 어떤 사람이 야인 가죽을 벗기고 고기를 나누어 먹었어요.

왕 기자　당신이 보았던 야인의 모습을 말해 봐요.

멍청이　마늘 모양의 코에, 바깥으로 튀어나온 귀에다, 머리카락이 아주 길었어요!

왕 기자　그 머리카락이 얼마나 길었죠?

멍청이　(좌우를 보더니 세모의 엄마를 가리킨다.) 저 아주머니만큼요…….

세모 엄마　에이, 징그러워!

사람들, 즐겁게 웃는다.

진 간사　얘기 다 끝났소?

멍청이　이제 내가 고기를 안 먹어 봤단 말은 안 하겠죠?

절름발이 유 씨　정말 먹었어?

멍청이　안 먹어 봤으면 내가 여기에서 엉터리로 지어서 얘기한다는 말이에요? 저 기자가 다 적어 놓았구먼요!

손씨 아줌마　빨리 말해 봐, 무슨 맛이에요?

멍청이　에이, 비려! 사람 고기 같아요.

절름발이 유 씨　사람 고기 먹어 봤어?

멍청이　전 죽은 사람을 봤어요! 얻어맞아 죽은 사람 냄새가 아주 대단했어요!

손씨 아줌마   아이고 구역질 나라!

왕 기자   요 근래에 야인을 본 사람이 있나요? 아주 오래
된 일은 이제 그만 하고요.

진 간사   손 씨 아줌마, 당신은 작년에 보았다고 하지 않았
어요?

손씨 아줌마   아, 아니에요, 아니에요!

진 간사   봤으면 말해 봐요, 뭐가 무서워요?

손씨 아줌마   보긴 봤죠. 하지만 야인이었다고 단정할 수는 없
어요. 그날은 산기슭에서 꿀을 캐고 있었죠. 막
등성이를 넘어가서 열 발짝도 안 갔는데, 한 두
길쯤 떨어진 곳에 뭐 불그스름한 게 움직이고 있
었어요…….

왕 기자   털이 붉다고?

손씨 아줌마   붉은 털이었어요. 자세히 보니, 아이구머니! 몸 전
체가 털인데, 나무에 기대서 가려운 곳을 비벼 긁
고 있었어요. 놀라 기겁을 했지! 광주리도 내던지
고, 걸음아 날 살려라 달음박질을 쳐서 집 앞까지
뛰었죠.

왕 기자   다시 한번 기억을 되살려 보세요. 그것이 어떻게
가려운 곳을 비비고 있었죠? 서서요? 아니면 어
떻게?

손씨 아줌마   서서요, 사람하고 똑같이요.

왕 기자   당신을 쫓아왔어요?

손씨 아줌마   쫓아왔어요.

왕 기자   다리 몇 개로 뛰던가요?

손씨 아줌마   두 다리로요, 사람처럼 뛰었어요.

왕 기자   키는 얼마나 크던가요?

손씨 아줌마   사람보다 컸어요. 검붉었고 긴 머리카락에, 손발
도 모두 털이었어요. 두 눈은 둥그렇게 떴고요.

왕 기자   혹 잘못 본 것은 아니겠죠?

손씨 아줌마   어떻게 잘못 볼 수가 있어요. 벌건 대낮에 그것도
해가 한창이었는데.

할머니   틀림없어, 나도 보았는걸. 저이가 우리 집 문 앞으
로 뛰어오는데, 이마에선 콩알만 한 땀방울이 뚝
뚝 떨어졌어. 뛰어오면서 "야인이 와요, 야인이!"라
고 소리를 질러 댔지.

세모   (엄마 품에 기대며) 엄마, 무서워…….

절름발이 유 씨   무섭긴 뭐가 무서워? 야인은 애들하고 춤도 추고,
여자를 빼앗아다가 마누라로 삼아서 아이도 낳
는데…….

진 간사   이야기나 해 보랬더니 아예 법석을 떠는군.

절름발이 유 씨   제 말은 야인은 사람을 해치지 않는다는 뜻이죠.

세모   (엄마에게) 엄마, 경자가 자기네 집에는 야인의 털
이 있는데, 자기 할아버지의 할아버지 때부터 전
해 내려온 거래.

왕 기자   누구네 집에 야인의 털이 있다고?

조용한 분위기.

왕 기자 (고양시키는 목소리로) 여러분께서 말한 것 모두 입에서 입으로 전해 온 것으로, 단지 보았다는 말뿐이지 사진을 찍어 놓은 건 아니지요. 그래서 결론적으로 여전히 구전일 뿐이지, 모두 근거로 삼을 수는 없어요. 그러나 혹시 실물을 찾을 수 있다면? 비록 털 한 올이라도 물증이 될 수 있어요. 그렇지 않아요? 지금의 해결책은 물증을 가져오는 거예요. 물증만 있으면 인정하건 안 하건 간에, 야인이 존재한다고 확정할 수 있지요! 다시 분명히 말씀드리거니와 관건은 야인의 털을 얻는 것이에요! 털이 있으면 의학적으로 감정할 수가 있고, 유관한 연구 기관을 찾아 화학 실험으로 성분을 살필 수가 있어요. 만약 누구네 집에 야인의 털이 있다면, 조상에게서 전해 내려온 것이라도 좋아요, 저희에게 제공해 주시면 섭섭하게 해 드리지는 않을 거예요. 상황을 참작하여 상당한 보상을 해 드릴 거예요.

조용한 분위기.

진 간사 야인의 털에 관한 일은 회의를 끝내고 다시 이야기합시다. 왕 기자님, 오늘 회의는 이쯤에서 끝낼까요?

사람들, 서로 인사하며 아이들을 데리고 작은 나무 의자를 끼고 퇴장한다.

저녁 바람이 불기 시작하는 산중의 밤이다. 나이가 좀 들어 보이는 목소리가 나지막이 끊어질 듯 이어지며 읊조리는 것이 신비스러운 느낌을 준다.

초등학교 교사의 집, 네모난 탁자에 석유 등잔불이 켜져 있다. 초등학교 교사가 등불 아래서 기록을 하고, 노가수는 방바닥을 파서 만든 화롯가에 앉아 불을 쬐며, 눈을 감고 읊조린다. 리듬을 따라 몸을 앞으로 구부렸다가 뒤로 젖히며 흔들거린다.

노가수   (읊조리며 노래한다.)
         하늘 황제 형제는 일만 팔천 살이고,
         땅의 황제는 일만 팔천 봄을 지냈고,
         사람의 황제는 모두 합쳐 일만 오천육백 년을 지
         내고,
         비로소 강산을 후대에게 넘겨주었네.
         그때는 남녀가 서로 사랑하며 이별이 없고,
         오직 그 어머니만 알고 아버지가 없었다네.
         이 삼황(三皇)에서 요순(堯舜) 임금까지를 이야기
         하자면,
         모두 팔십여 대의 여황제가 있었다네.
         어느 대에 금수를 사냥했나?
         어느 대에 봉황을 내었던가?
         몇 마리의 봉황과 함께 다녔나?

어느 대에 사람이 짐승을 먹었나?

초등학교 교사 (기록하며) 사람이 짐승을 먹었나…….

노가수　(노래하며) 짐승이 많으면 짐승이 사람을 먹었네.

초등학교 교사 짐승이 많으면 짐승이 사람을 먹어요?

노가수　(눈을 뜨고, 여전히 노래한다.) 사람이 많으면 사람
이 짐승을 먹었네!

초등학교 교사 (기록하며) 사람이 많으면 사람이 짐승을…….

바람이 불어 문짝이 덜컹덜컹 울린다.

노가수　누군가 왔어.

초등학교 교사 (귀를 기울이며) 바람이에요.

노가수　사람이 있다니깐!

바람 소리와 문짝 소리 가운데 과연 가볍게 문 두드리는 소리가
난다. 주인이 문을 열어주자 생태학자가 문밖 어둠 속에 서 있다.

초등학교 교사 저는 바람인 줄 알았어요.

생태학자　이렇게 시간이 이르니 잠을 잘 수가 있어야죠. 선
생님 댁에 불이 켜져 있는 걸 보고…… 손님이 계
세요?

초등학교 교사 손님이라고 할 순 없어요.

생태학자　좀 앉았다 가도 될까요?

초등학교 교사 청하기도 어려운 귀한 손님인걸요. 이곳 산 속의

밤은 춥고 습해요. 불 좀 쬐세요.

생태학자   (문을 열고 들어와서) 안녕하세요, 어르신.

노가수   안녕하시오.

생태학자는 화로 옆 작은 의자 위에 앉아 불을 쬔다. 노가수는 크게 하품을 한다.

생태학자   (미안해하며) 제가 두 분을 방해한 것 같네요!

초등학교 교사   별말씀을. 이분은 증백이란 분이신데 이 산속 원근에 유명한 가수십니다. 이분은 야인을 찾으러 오신 과학자시고요.

노가수는 생태학자를 한 번 쳐다본다.

생태학자   (그를 향해 고개를 끄떡이고) 제가 방금 밖에서 들은 것이 어르신께서 부르신 노래인가요?

노가수   허! 잘못 들으셨소. 바람이지. 밤이면 산에 바람이 일고 그러면 귀신이 흐느끼고 승냥이가 울부짖거든.

생태학자   (의아해하다가 하하 하며 웃는다.) 어르신, 정말로 사람을 놀라게 하시는군요.

노가수   놀라게 하는 게 아니라, 당신은 나이가 젊은데도 얼굴에 불행을 담고 있어.

생태학자   어떤 불행이오, 말씀 좀 해 주시죠!

노가수   당신은 과학자 같아 보이지 않고 고생할 운명처
             럼 보이는군.

생태학자   정말 재미있네요. 이 일은 제가 스스로 찾아서 하
             는 것이라 결코 고생이라 여겨지지 않아요. 어르
             신, 좀 더 말씀해 보세요!

노가수   짐작하건대 결국엔 가족조차도 지키기 어렵게
             되지.

생태학자   점까지 치시는가 보군요! (일어나 흥분하여 걷는다.)

초등학교 교사 점뿐이겠어요, 어르신은 고금을 꿰뚫어 보는 분
             이세요.

생태학자   미래는요? 제 운명을 좀 알려주세요.

노가수   사람을 알려면 눈을 보고, 운명을 알려면 얼굴을
             보지. 난 현세에 대해서만 말할 수 있지 내세는
             볼 수 없어요.

생태학자   그럼 어르신께서는 도가(道家)시군요. 도사(道士)
             를 해 보신 적이 있으세요?

초등학교 교사 (웃으며) 어느 가(家)도 아니에요. 무당이라 할까
             요. 그렇지요, 증백?

노가수   무당이든 아니든, 사람만 해치지 않으면 되지. 세상
             엔 일부러 사람을 해치는 사람이 아직도 있으니.
             (일어나 퇴장한다.)

초등학교 교사 증백, 그분은 원래 그래요, 친해지면 좋은 분이라
             는 걸 알게 되실 거예요.

생태학자   방금 그분이 노래하셨어요?

초등학교 교사 옛 노래를 부르고 있었지요. 아무 때나 부르지 않아요. 더욱이나 낯선 사람 앞에서는 절대로 부르지 않아요.

생태학자 (탁자의 노트를 들고) 기록하고 계셨어요?

초등학교 교사 현 내의 문화관에서 지금 민가를 수집하고 있잖아요? 여기 산속 마을에서 아직껏 옛 노래를 처음부터 다 할 수 있는 사람은 저 어르신밖에 없어요. 지금 기록해 두지 않으면 끊겨 버릴 거예요.

생태학자 어째서 「흑암전」이라고 하죠?

초등학교 교사 천지가 아직 나누어지지 않아, 혼돈 속에서 반고(盤古)가 하늘을 열고 땅을 갈라놓는 것부터 시작해서 우리 민족의 역사 전체가 들어 있어요.

생태학자 (뒤적이며) 정말 가치 있는 것이군요!

초등학교 교사 그분은 며칠 밤낮이라도 계속 부를 수 있어요. 예전에는 이 「흑암전」을 불렀다가, 반혁명을 칭송한다는 혐의로 저 노인 양반이 끌려간 적도 있어요. 이 마을에서 저 마을로 밤낮으로 조리돌리기를 닷새. 하마터면 돌아가실 뻔했어요.

생태학자 (석유 등잔불 아래로 다가가 노트를 읽는다.)
오래전부터 가수, 당신의 학문이 뛰어나다고 들어왔지요.
아래로는 지리를 알고 위로는 천문을 알아,
지금 당신과 고금(古今)을 이야기하려 한다네.
무엇을 흑암이라 하나? 무엇을 혼돈이라 부르나?

그 혼돈은 언제 처음으로 열렸나?

언제 반고가 세상에 나왔나?

반고가 들고 있는 것은 어떤 모양의 하늘을 여는
도끼인가?

하늘은 어떻게 열리나? 땅은 어떻게 나누어지나?

일월성신(日月星辰)은 어떻게 하늘로 올라가게
됐나?

동시에 숲속에서 바람이 파도치는 소리가 들리고, 마치 강렬한
북장단에 맞춰 나이 많은 노인이 우물우물 노래하는 소리가 간혹
끼어드는 듯하다. 조명이 점차 어두워진다.

무대 앞 가장자리에 세모와 그의 엄마가 등장한다.

세모　엄마, 저 야인을 봤어요.

세모 엄마　거짓말하지 마.

세모　정말이에요.

세모 엄마　어디서?

세모　산비탈 저쪽에서.

세모 엄마가 세모를 끌어안는다.

세모　그가 울고 있었어요.

세모 엄마　무서워하지 마.

세모　엄마, 그 야인이 울었다니까요!

세모 엄마　뭐라고, 엉터리 얘기하지 마!

세모　(천진하게) 올가미에 다리가 걸려 있어서 제가 풀어 주었어요.

세모 엄마　너 다치진 않았냐?

세모　(의기양양하게) 아니요.

세모 엄마　(그를 꼭 끌어안고) 아이고, 하느님!

같은 마을 사람들이 등장한다.

멍청이　꼬마야, 어디라고? 어디서 봤다고?

세모　음, 저쪽이오. 산비탈 위 저 옻나무 아래에서요.

절름발이 유 씨　너 설마 눈에 뭐가 씐 건 아니겠지?

세모　그것이 울고 있었어요. 올가미에 다리가 걸린 채로. 너무 가여워서 풀어 주었어요.

멍청이　이 바보! 큰돈을 벌 수 있었는데! 네가 그걸 도망가게 풀어 주었어.

절름발이 유 씨　그건 내가 장치한 올가미야, 네가 내 대신 잡아 와!

손씨 아줌마　유 씨, 덕을 쌓아야지, 그것이 사람을 해치지도 않았잖아요.

멍청이　가요! 보러 가요. 털 두어 개만 주워도 돈이 될 거예요.

무리들이 모두 아이가 바라다보는 곳을 바라본다.

고요하다. 시냇물 소리만 들린다.

요매의 목소리 어머! 오지 마세요!

생태학자가 등장한다.

요매의 목소리 오지 마세요!

생태학자 (찾는다.) 누구야? 요매?

요매 (바위 뒤에서 머리를 내미는데 머리를 풀어헤치고 있
다.) 고개 돌리세요!

생태학자 아, (등을 돌리며) 미안해.

요매 (머리카락을 말아 올리며) 당신 일부러 그랬죠?

생태학자 난 정말 몰랐어.

요매 이곳은 남자들이 오지 못하도록 되어 있어요.

생태학자 난 정말 몰랐어. 난 하얀 새 한 마리를 보고……

요매 당신이 바로 새예요! (옷을 다 입고, 맨발로 작은 물
통을 들고 바위 뒤에서 한 걸음 크게 내딛는다.) 당신
은 정말 나쁜 사람이에요. 다시는 당신을 상대하
지 않겠어요.

생태학자 요매, 난 정말 일부러 그런 게 아니야. 난 꼬리 긴
새가 이쪽 골짜기로 날아오는 걸 보았을 뿐이야.
네가 이곳에 있는지 몰랐어.

요매 소용없어요, 그만두세요.

생태학자 요매.

요매   네?

생태학자   저, 정말 예쁜데.

요매   어머, 정말 미워요. 이제 당신 옷도 빨아 주지 않을래요.

생태학자   왜?

요매   그런 말을 하면 안 되기 때문이죠.

생태학자   넌 정말 예쁘게 생겼어. 너에게 혼담을 꺼내는 사람이 분명 적지 않을 텐데? 너 왜 얼굴이 붉어지니? 곧 시집갈 거 아닌가?

요매는 머리카락을 둘둘 감고 그에게서 총총히 떠나간다.

생태학자   화났구나?

요매   나는 아무한테도 시집 안 가요.

생태학자   비구니가 되려고?

요매   (참지 못하고 피식 하고 웃는다.) 당신이야말로 비구 잖아요.

생태학자   내가 그렇게 보여? (장난기 섞인 익살맞은 표정을 짓는다.)

두 사람, 웃는다.

요매   정말 나빠요.

생태학자   (한숨 쉬며) 내가 젊은 총각이라면 꼭 너와 결혼할 텐데.

요매   내가 싫다면요?

생태학자   억지로 끌고 오지.

요매가 경계하며 그에게서 물러선다.

생태학자   난 널 건드리지 않아. 바보야.

요매   감히!

생태학자   내가 진짜 건드린다면?

요매   돌멩이로 때려죽일 거야.

생태학자   (하하 하고 크게 웃으며) 정말 뿔 난 송아지 같다.

요매   당신이야말로 뿔 난 송아지예요.

생태학자가 깊은 한숨을 내쉬며 바위 위에 앉는다.

요매   한숨 쉬었어요?

생태학자   음.

요매   (조심스레) 부인이 다른 사람하고 떠나 버렸다면서요?

생태학자   어떻게 알았어?

요매   들었어요. 정말 나빠요.

생태학자   그녀는 나쁜 사람이 아니야.

요매   아직도 그녀를 생각해요?

생태학자   난 오히려 그녀를 그리워하진 않아.

요매   정말 불쌍해요.

생태학자   바보!

요매   그런 눈으로 날 보지 말아요…… (뒤로 물러서며
         가볍게) 무서워요……. (몸을 돌려 멀리 도망친 후,
         멀리서 멈추어 서서 숨을 몰아쉬다가 소리 내어 웃는
         다. 허리를 펴지 못할 정도로 크게 웃는다.)

여울의 급류, 물소리가 요란하다
임 주임, 야인 학자, 왕 기자가 등장한다.

임 주임   건너와요. 겁낼 것 없어요. 건너와요.

세모가 다른 방향에서 등장한다.

임 주임   (야인 학자에게) 이 아이예요. 야인을 풀어 준 게.

야인 학자   이름이 뭐지?

세모   세모.

야인 학자   좋아, 세모, 이리 와 봐. 너 사탕 먹니? (호주머니에
         서 초콜릿을 꺼낸다.) 먹어 봐, 이건 초콜릿이야. 못
         먹어 봤지? 얘기 좀 해 봐. 야인은 어떻게 생겼지?

세모가 사탕을 먹으며 머리를 가로젓는다

야인 학자   (그림을 꺼내서) 이렇게 생겼니?

세모가 끄덕인다.

야인 학자   다시 생각해 봐. (또 한 장 꺼내며) 이건?

세모가 그를 본다. 그는 세 번째 그림을 꺼내며 세 장을 모두 세
모 앞에 놓는다.

야인 학자   도대체 어떤 거지? 이건 곰이고, 이게 야인이야.
           이건 오랑우탄이고, 오랑우탄 아니? 원숭이와 비
           슷하지만 원숭이보다 키가 크지.
세모   이거요. (한 장을 가리키며 야인 학자를 보며 머뭇거
           린다.)
야인 학자   분명 영장목일 거야, 고등 영장목, 이 기이한 동물
           은 말이야. 꼬리가 있었니?

세모가 머리를 젓는다. 야인 학자는 그림을 도로 넣는다.

야인 학자   (기자에게) 이번엔 맞아요, 저 아이가 말하는 건
           야인이 맞아요! 오랑우탄도 아니고, 곰도 아니고!
           (아이에게) 그가 소리 지르는 것도 들었니?
세모   그가 울고 있었어요.
야인 학자   어떻게 울던?
세모   눈물을 흘리고 있었어요. 너무 불쌍했어요.
야인 학자   그래서 놓아줬니.

왕 기자	정말 아깝군.
야인 학자	너 어떻게 그와 의사소통을 했지? 그와 말을 했니?
세모	(즉시 득의양양해하며) 그럼요. 제가 꽥꽥 하고 말했어요.
왕 기자	아주 잘했군.
야인 학자	그 야인은?
세모	야인도 제게 꽥꽥했어요. (모두를 바라보며 웃는다.)
야인 학자	대단하군. 꽥꽥은 인사를 하는 거야, 일종의 우호적인 표현이지. 사람이 야인과 감정을 교류할 수 있다는 걸 증명해 주는군. 그다음에는?
세모	그 다음엔 너무 불쌍해서 그를 풀어 주었어요.
야인 학자	(또 그에게 사탕을 주며) 사탕 먹어라. 괜찮다. 세모야.
왕 기자	잠깐만. 가지 마. 사진 한 장만 찍자. 신문에 발표하게. 제목은 "야인과 친구가 된 세모". (사진을 찍으며) 좋아, 가서 놀아라.

세모는 사탕을 먹으며 퇴장한다. 임 주임, 야인 학자, 왕 기자 모두 외나무다리를 건너 퇴장한다. 산골짜기의 물소리. 무대가 어두워진다. 밤이다. 숲 속에 모닥불이 타고 있다. 노가수와 생태학자가 모닥불 앞에 앉아 있다.

노가수	(술병을 연다. 손가락을 술에 담갔다가 불더미를 향해 튀긴다.) 한 모금 안 하겠소? (술병을 건넨다.)

생태학자 (건네받아 한 모금 마신다.) 하이 이거 약주예요?

노가수 십여 종의 약재가 들어가서 관절염을 예방하고, 머리도 맑아지지.

생태학자 아까 불더미에 술을 튀기지 않으셨습니까?

노가수 부뚜막 조왕신에 대한 예지. 젊은이, 먹고 마시고 하는 것은 다 조왕신께서 보호해 주시는 덕분이야.

생태학자 그렇군요. 어르신은 산에 들어가시면 여태껏 빈손으로 돌아오신 적이 없다던데.

노가수 (말을 끊으며) 허! 사람도 다니는 길이 있듯이 마찬가지로 짐승도 짐승들 길이 있지. 놓을 만한 곳에 놓아야지. 재밌어, 내려와서 물을 마셨더군.

생태학자 노루인가요?

노가수 응. (입속에서 낮은 소리로 뭔가 중얼거린다.)

고요하다. 숲 속에서 우수수 하는 바람 소리와 샘에 물방울 떨어지는 소리가 들린다.

노가수 (애석해하며) 냄새를 맡고서는 갔구먼. 바람 방향이 바뀌었어. 이 녀석은 귀신같아.

생태학자 (웃으며) 증백 어르신, 아무리 귀신같아도 어르신은 못 따라갈걸요.

노가수 허풍 떠는 게 아냐, 이 나이가 되면 귀신도 못 이기지. 사실 인간이란 동물이 가장 나빠. 나도 그래, 입에 풀칠하려고 이 손으로 살생한 것도 수없이 많으니까……. (손을 들어 다섯 손가락을 펴서 몇 차례 뒤집어 보며 헤아려본다.) 모두 천 마리도 더 될 거야. 그것도 큰 놈만 말이야. 야생 닭이나 야생 토끼는 수를 헤아릴 수 없을 정도니 얼마나 많은 죄악을 저질렀는지. 그래도 난 우연히 마주쳤을 때 야생 닭을 잡은 것 빼고 평소에는 새를 잡지 않았어. 예전에 여기 박사가 하나 있었는데 새 사냥꾼한테 잘못 보여서는, 생으로 닭달을 당하다 죽었지. 사람이 사람을 족치려고 마음먹으면 정말 독해. 젊은이, 인간을 해치려는 마음이야 당연히 가져서는 안 되지만, 인간을 방비하는 마음도 없어서는 안 돼.

생태학자　　아까 박사가 이 산속에 왔었다고 했나요?

노가수　　그 사람도 자네처럼 공부깨나 한 사람이었지. 서양으로 유학까지 갔었대. 진짜 박사였지. 당의 방침을 어겨서 이 산속으로 쫓겨왔다나. 마누라와 자식들은 모두 시내에 남겨 두고, 혼자서. 쉰 살이나 됐는데, 우린 같이 어울렸지. 그는 새를 길렀는데, 성격이 아주 온순했어. 그것마저 생트집을 잡혀서 정부에 보고가 올라가고 나중에는 상부에서 명령이 내려와 두루미를 잡지 못하게 됐지.

생태학자　　이 산속에 두루미가 있어요?

노가수　　아직 철이 안 됐지만, 여기 구룡호 주변 갈대숲에

예전엔 날씨만 추워지면 겨울을 나러 오는 붉은 머리 두루미, 재두루미, 먹황새들이 허다했지. 개를 풀어놓으면 한바탕 놀라 날아오르곤 했어. 총을 쏘기만 하면 못 잡는 게 도리어 이상할 정도였지.

생태학자 　지금도 볼 수 있나요?

노가수 　보기 어려울걸, 서리 내리는 때도 지나고 해서. 한번 가 보기나 하지.

생태학자 　방금 말씀하신 그 박사, 어떻게 죽었어요?

노가수 　그가 두루미 잡는 길을 몇 개 끊어 버렸거든. 사람들이 그 박사가 옥수수를 훔쳤다고 누명을 씌웠지. 그때는 온 산의 나무를 베고 숯을 때서 뭐 철강을 제련한다고 난리인 데다 또 기근이 들었었는데, 그들은 박사가 옥수수를 훔쳤다고 모함해서 마을에서 조리돌림을 했지. 학자라 체면이나 차릴 줄 알았지, 나같이 낯짝이 두껍질 못해, 한번 모욕을 당하자 그만 피를 토했지……. 그때는 박사가 개똥만도 못하게 여겨졌다니까. 인간이란 강하다고 하면 강하기도 하지만, 약하다고 하면 또 약한 것이라서, 마음속의 불꽃이 꺼지면 그만 끝장이야.

멀리서 개 짖는 소리가 들린다.

노가수　　사람들이 오나 보군. 불을 끄지.

　두 사람은 불을 밟아 끈다. 날이 밝기 전 안개가 자욱하다. 노가수는 중얼중얼거리며, 손가락에 침을 묻혀 손바닥 한가운데 부적을 그린다. 엽총을 들고, 사냥 칼을 뽑아 허리춤에 끼고서 허리를 굽혀 짙은 안개 속으로 사라진다.

　"펑!" 무거운 총소리 한 방이 울린다. 무대 깊숙한 곳, 빛 가운데에 있는 박사가 죽은 붉은 머리 두루미 한 마리를 땅바닥에서 줍는다. 밀렵꾼 두 명이 그의 등 뒤에서 나타나 옷으로 그의 머리를 뒤집어 씌우고 그의 두 손을 뒤로 묶는다. 한바탕 심하게 때린다. 다시 그를 끌어다 날옥수수를 가득 채운 바구니를 그의 목에 걸고 그의 엉덩이를 걷어찬다. 노인은 비틀거리며 앞으로 걸어가고 밀렵꾼은 퇴장한다. 그림자로 연출되는 이 장면의 전 과정은 조용히 아무 소리도 없이 진행된다. 생태학자가 총을 든 뒷모습을 보이며 무대의 앞 가장자리에 서 있다. 그는 개가 짖고 야수가 포효하는 소리가 들릴 때까지 까딱하지 않고 가만히 서 있다가, 갑자기 총을 쥐고는 뛰어서 퇴장한다.

　무대 앞 가장자리, 야인 반대 학자가 등장한다. 그는 더 이상 참을 수 없다는 듯 걸음을 옮기거나 제자리에서 원을 그리며 돈다. 임주임이 세모를 데리고 등장한다.

야인 반대 학자 아하, 네가 바로 세모니? 신문에서 너의 사진을 보
　　　　　았단다. 몇 살이지? (바짝 다가가 듣는다.) 열 살이
　　　　　라고! 거짓말할 만한 나이구나. 네가 말한 그 야

인에 관한 이야기는 누가 너에게 시키지 않았니?

세모가 아무 말도 하지 않는다.

야인 반대 학자 (참을 수 없다는 듯) 말 좀 해보렴. 너는 어디에서
그 야인이라는 것을 보았니? 네가 직접 목격한 장
면을 한번 자세히 묘사해 보렴. 우선 그 야인은
말고.

임 주임 본 대로 이야기하면 돼, 어려울 게 뭐가 있어?

세모 나무 한 그루가 있었어요.

야인 반대 학자 정확하게 말해 봐. 무슨 나무지?

세모 생칠나무예요.

야인 반대 학자 뭐? 뭐라고?

임 주임 생칠나무란 옻나무를 절개한 거죠. 칼로 나무 껍
데기에 생채기를 내면 옻즙이 생채기를 통해 흘
러나와서…….

야인 반대 학자 아! 리스 버니시플루어, 옻나무과에 속하는, 음음,
알겠어요. 그 상처 난 나무 껍데기가 아문 후에는
눈이 생긴 것 같죠.

임 주임 맞아요, 소 눈 같은 것 말이에요. 어떤 것은 소 눈
보다 더 커요.

야인 반대 학자 마귀의 눈, 이것은 아이에게 환각을 유발할 만하
지요. 갑자기 보았을 때, 더욱이 깊은 산속에서
또 사방에는 사람 그림자도 없으니……. 당시 네

주위에 사람이 있었니?

세모가 고개를 젓는다.

야인 반대 학자 너 혼자서 왜 그렇게 으슥한 산속에 들어갔니?
무섭지도 않았니?
세모 저는 양다래를 따 먹으러 갔어요.
야인 반대 학자 뭐라고?
임 주임 일종의 야생 열매로, 먹을 수 있지요. 아주 달아
요. 요즘 술 담는 게 유행이에요. 또 외국에 팔기
도 하지요. 아, 맞아요, 다래주라고도 하지요!
야인 반대 학자 다래, 액티니디어 치넌서스, 낙엽 넝쿨 식물이지.
(아이에게) 너는 그걸 따 먹다가 고개를 들자 그
마귀의 눈이 자라 있는 옻나무가 보이던?

세모가 고개를 끄덕인다.

야인 반대 학자 정말 상상력이 풍부하구나. 너 이제 가도 돼. 가
렴, 가서 놀아라!

세모가 가면서 다시 고개를 돌린다.

야인 반대 학자 가서 놀아라!

세모가 퇴장한다.

야인 반대 학자 어린아이 말을, 이런 어린아이의 말을 사실로 여
기다니! 이걸 어떻게 학문하는 태도라 할 수 있지
요? 그리고 기사화해서 전국을 가지고 놀다니, 심
지어 전 세계까지 말이에요. 그래요. 고서에도 씌
어져 있지요. '산도(山都)', '효양(梟羊)', '비비(狒
狒)', '공거인(蟲巨人)'8), 같은 것들은『산해경(山海
經)』속의 신화예요. 그러나 고대의 점복에 사용
된 무서(巫書)를 끌어다 논증하려 했다가 세상의
웃음거리가 됐었어요. 이 모두 과학적인 태도가
아닙니다. 심하게 이야기하자면 '사이비 과학'이
에요!

임 주임 지금 야인이 날조되어 나왔다고 말하는 거요?

야인 반대 학자 당신은 귀신을 믿어요?

임 주임이 그를 바라보며, 그가 무슨 뜻으로 그걸 묻는지 의아해
한다.

야인 반대 학자 당신은 믿는군요, 귀신이 있다는 것을. (가죽 가방
을 챙겨서 퇴장한다.)

────────────

8) '산도'는 비비의 일종으로 긴 주둥이를 가지고 있고 '효양'과 '공거인'은
비비의 다른 이름이다.

세모가 굴렁쇠를 굴리며 등장한다.

임 주임   이리 와, 이리 와봐! 너한테 묻겠는데 너 도대체
야인을 보긴 본 거니? 너 이럴 땐 이렇게 이야기
하고, 저럴 땐 저렇게 이야기하고, 어쩌자는 거냐!
넌 이것도 굴렁쇠처럼 가지고 노는 거냐? 이건 우
리 삼림 지구 전체의 명예와 관련이 있어! 이렇
게 많은 기자, 과학자가 우리 삼림 지구에 온 것
은 바로 여기 야인이 있기 때문이야. 좋아, 너 금
세 눈이 어른거려서 그랬다고 하면, 상부에서 내
가 무슨 짓거리를 하고 있냐고 그러지 않겠니? 나
더러 주임 노릇은 어떻게 하란 말이냐? 정말 지랄
맞은 귀신을 본 거지! 그놈의 야인 때문에 시끄러
워서, 인심도 흉흉해지고, 파출소에서까지 나와
서 물어 대니. 헛소문을 없애야 해. 소문만 만들
어서 사람들을 미혹시키고 치안만 어지럽히니, 이
런 게 모두 범죄 행위야. 내 삼림 지구 안에서 벌
어진 일이니, 책임이 모두 내 머리 위로 떨어지잖
아! 그다음엔 또 과학이라고 해서, 전 세계의 과
학자들이 다 이 보배를 찾고 있으니, 좋아, 찾으라
고. 내가 편의도 제공하고, 상황도 보고해 주고,
먹여 주고, 잠자리도 마련해 주었지. 잘 먹고 마
시고 나서 이제 와서 야인이 없다니, 이걸 사이비
과학이라니, 내가 사기꾼이 되어 버렸잖아? 야인

이 바로 귀신이라 하고 또 그게 있다고 하면, 난
귀신이나 믿는 사람이 돼 버리잖아, 미신을 믿는
게 돼 버렸지! 그 빌어먹을 붓대나 놀리면서 걸핏
하면 신문사에서 왔다고 하니! 그가 오늘도 붓대
를 놀리고, 내일도 또 놀리겠지, 뺑뺑 튀겨서 거짓
말을 해 대다가는 며칠 지나면 또 야인이란 건 모
두 순전히 헛소문이었다고 쓸 거야! 믿을 수 있겠
어? 난 기자들에 대해서 너무 잘 알지, 깨알만 한
무엇도 없으면서, 기자라고 하면, 또 건드릴 수가
없거든! (세모에게) 아직도 안 갔니! 꺼져! 난 너만
보면 화가 난다!

세모가 놀라 와앙 하고 운다. 세모 엄마가 뛰어올라온다.

세모 엄마　세에모! 세모! 누가 널 괴롭혔어? (임 주임을 보고
　　　　　　는 손 가는 대로 아이를 한 대 철썩 때린다.) 아직도
　　　　　　집에 가지 않고 뭐 하니!
세모　　　엄마아. (더욱 크게 운다.)
세모 엄마　(아이의 손을 붙잡고, 허리를 구부려 그의 귀에 대고)
　　　　　　집에 돌아와서 옥수수 먹으라고 했잖아.

생태학자가 등장한다.

생태학자　왜 그래, 세모야?

세모 엄마 모두 당신들이 야인을 찾는다고 해서 벌어진 난
리예요. 다시는 우리 아이를 괴롭히지 말아요!

세모를 끌고 퇴장한다.

생태학자 임 주임.

임 주임 (기분 나쁜 투로) 당신은 왜 아직도 안 갔소?

생태학자 당신한테 물어볼 게 있어서 찾아왔습니다.

임 주임 무슨 일이오?

생태학자 이 삼림 지구의 목재 총량이 어느 정도인지 알고
싶어요. 연간 벌목하는 양은 어느 정도죠? 모두 얼
마나 투자하고, 목재를 얼마나 가져오죠? 이렇게
벌목을 하면 몇 년이나 더 베어 낼 수 있을까요?

임 주임 기술원에게 가서 직접 물어봐요. 모두 정확한 통
계 수치가 있으니까. 연간 보고서가 있고 월마다
월 생산 진도표가 있으니까.

생태학자 내가 따로 계산해 보았는데 주임님께서 한번 훑
어보시겠습니까? (그에게 보고서를 건네준다.) 한번
조사해 보았지요. 수목원마다 다 가서 보았어요.

임 주임 (눈을 가늘게 뜨는 것은 노안이기 때문이다. 눈과 장
부 사이에는 멀찍이 거리를 두어야 한다.) 벌목을 그
만두라고…… 나무를 베지 말라는 거요?

생태학자 맞습니다. 이 일대의 나무들은 보호되어야 합니
다. (웃으며 이야기한다.) 만약 동의하신다면 당신

의 서명 좀 부탁드리지요. 당신이 후세에게 좋은
일을 한다고 여기시고. 아이들에게, 다음 세대에
게 보고(寶庫)를 남겨주는 것입니다. 이 산 진입
로에 장차 당신을 기념하는 비를 세워 줄 겁니다.
(그의 어깨를 두드린다.)

임 주임   당신 애초에 이런 일 하러 온 거요? 우리들의 삼
림 지구를 폐쇄시키려고?

생태학자   (은근하게) 자연보호 지역으로 바꾸자고 건의하는
것입니다.

임 주임   당신 우리들 밥벌이를 망쳐 놓겠다는 거로군?

생태학자   방법을 생각해서 다른 일을 해야죠.

임 주임   날 가지고 놀려 하지 마시오. 내가 얼마나 고생해
서 이룩한 삼림 지구인데, 길도 닦고, 건물도 짓
고, 나의 심혈과 인생이 모두 여기에 쌓여 있어.
그런데 도리어 우리보고 꺼지라고?

생태학자   (여전히 웃으며) 그런 뜻이 아니에요, 잘 이해하시
지 못하시는군요. 당신은 그대로 자연보호구의 주
임을 맡으면 돼요. 예전처럼 차도 마시고요.

임 주임   비웃는 거요?

생태학자   아닙니다. 이런 일을 맡는 게 나무를 베는 것보다
오히려 근심을 덜 수 있죠, 못 믿으시겠어요?

임 주임   (벌컥 화를 내며) 내가 아는 것은 나무를 베는 것
뿐이야! 건설과 개발!

생태학자   그럼 그렇게 베어 내세요! 이십 년만 지나봐요,

이 강 양 둑에 삼림이라고는 하나도 남지 않을 테
니까. 이미 혼탁한 강이 그때는 진흙탕이 되어서
흐르겠죠. 그렇게 해서 발생하는 재앙은 벌목하
는 목재 정도로 절대 보상받을 수 있는 것이 아니
죠. 자연은 분명히 복수할 테니까요!

임 주임   도대체 왜 소리를 지르는 거야?

생태학자   먼저 소리를 쳤잖아요?

임 주임   (갑자기 말문이 막히자, 돌연 생각났다는 듯이) 여기
서 멋대로 돌아다니고, 삼림 지구의 작업이나 방
해하고!

생태학자   나도 내가 할 일이 있는걸요. 일을 못 하게 한다
면, 저도 어쩔 수 없이 상부에 보고하겠습니다.

임 주임   (화가 단단히 나서 퇴장한다.) 누구든 다시 야인을
찾으러 오기만 해 봐라, 다 꺼져 버려!

생태학자가 세모의 굴렁쇠를 주워서 퇴장한다. 요매 엄마와 매파
가 등장한다. 매파는 한 손으로는 부채를 흔들며 햇빛을 가리기도
하고 시원한 바람을 일으키기도 하고, 다른 한 손에는 떡과 과자가
든 바구니를 들고 있다.

요매 엄마   귀한 손님이신데, 무슨 바람이 불어 아주머니가
여기에 오셨을까? (방 안에 그녀를 앉힌다) 요매야,
차 좀 내오너라.

요매, 등장한다.

요매   (머리를 조아리고 허리를 굽혀 인사한다.) 안녕하세요?

매파   너희 집 요매는 갈수록 싱싱하게 예뻐지는구나!

요매   (웃음을 띠며) 할머닌 맨날 그러셔. (물러난다.)

요매 엄마 (탁자 반대쪽에 앉아서) 아주머니야말로 갈수록 젊
         어지세요.

매파   민망하게시리. 얼굴의 솜털도 뽑고 분도 좀 발랐지.

요매 엄마 얼마나 좋아요, 잘 지내시나 봐요!

매파   별 나쁜 일이 없으니 그럭저럭 지내는 거지 뭐. 여
         보게, 당신네 요매는 혼처 정했어?

요매 엄마 누구네 혼담을 가져오셨어요?

매파   저 아래 동라갱(銅兒坑)의 이 씨네 막내 아들이
         지. 그 늙은이가 재물이 제법 많아. 또 아들놈에
         게 집을 지어 줬지. 앞뒤 일곱 칸짜리 새 집이야,
         얼마나 크고 좋은지 몰라.

요매 엄마 우리 집 애가 그런 복이 있겠어요?

매파   이미 다른 사람하고 말이 있는 모양이지?

요매 엄마 말하는 사람들도 몇 차례 있었지만 모두 하려 들
         지 않으니, 어떤 사람을 기다리고 있는지 모르겠
         어요.

매파   우리 아가씨가 올해 몇이더라?

요매 엄마 용띠예요, 음력 섣달이 생일이죠.

매파   음, 열아홉인데 빨리 시집을 보내지 않고, 이렇게

큰 아가씨를 집에 두다니, 마음을 놓을 수 있겠어?

요매 엄마   그러게요, 이것이 가슴에 병이 되어 버렸다고요.

매파   아주 착실한 집이야, 또 무얼 바라는고? 그 집 도령도 꽉 찬 사람이지. 사람이 줏대 있고 그 집 아비에 비해 영민한 건 좀 못 하지만, 중학교는 나왔어. 내 그 집 도령 사주도 가져왔지. (반으로 접힌 붉은 종이 한 장을 탁자 위에 놓으면서) 아주 좋은 사주야. 요매 생일이 언제더라?

요매 엄마   섣달 초엿새, 자시생이에요.

매파   어디 보자. (손가락을 꼽으며 입으로 중얼중얼 왼다.) 음, 이거 정말 좋은 사주네! 아주 이 씨네 막내아들하고 천생연분이야!

요매 엄마   정말이에요?

매파   그렇고말고!

요매 엄마   애 아버지가 돌아오면 다시 얘기해 볼게요.

매파   예물로 말하자면, (허리춤에서 손수건에 싼 것을 꺼내들며) 이건 백 원이고, 또 시계도 있고, 요즘에는 팔찌는 별로 안 하더구먼, 우선 이 은팔지 한 쌍으로 약혼을 하재. 어디 이렇게 좋은 집안을 찾을 수나 있어? 이 씨네는 아들딸들 시집 장가 다 보내고, 두 노인 양반이 오직 이 막내아들한테만 마음을 쓰고 있지. 은행 통장에 아직 만 원이나 되는 돈이 남아 있다는데, 이런 혼처를 어디서 찾겠어?

요매 엄마   어쨌든 우리 요매와 의논해 볼게요.

매파   이 술 두 병하고, 담배 한 보루하고는, 이 씨가 바
깥 사돈 환심을 사려는 거야.

요매 엄마   괜히 번거롭게 해 드리는군요.

매파   대답 기다릴게.

요매 엄마   앉으세요, 우리 집이 아무리 가난해도 밥 한 끼
는 대접해야지.

매파   잔치 국수 먹으러 다시 와야 하는 거 아냐?

요매 엄마   요매야, 요매야, 오 씨 아주머니 가신다!

요매가 등장하여 매파가 가는 모습을 바라본다. 요매 엄마가 퇴
장한다. 계곡의 물소리. 요매가 이 바위에서 다른 바위로 건너뛴다.
계곡 사이로 자유로이 뛰어다니는 것이 마치 놀란 사슴 같다. 퇴장
한다.

숲 속 깊은 곳에서 두견새가 운다. 생태학자가 표본을 채집하며
휘파람으로 두견새와 주고받는다. 요매가 뛰어올라와 나무 뒤에 숨
었다가 갑자기 나타난다.

생태학자   아! 너였구나…… 깜짝 놀랐네. (금세 즐거워져서)
난 또 야인이라고, 왜 그래? 무슨 일이 있었어?

요매   (고개를 떨구고) 아무 일도 없었어요.

생태학자   그럼 무슨 일로…… 네가 온 건…….

요매가 달려와 그의 가슴에 안기며 운다.

생태학자   무슨 일이야? 괜찮으니 말해 봐요!

요매가 더욱 슬피 흐느낀다.

생태학자   (어쩔 줄을 몰라하며) 참 바보로구나. 넌 정말로 내
              마음을 아프게 하고 있어. (그녀의 이마에 입을 맞
              춘다.)

요매   당신은 마음 아프지 않아요! 당신은 아무렇지도
              않죠!

생태학자   요매…….

요매   어서 날 데려가 줘요!

생태학자   아! (그녀를 끌어안고 키스하려다 갑자기 밀치며) 안
              돼.

요매   당신은 날 좋아하지 않나요? 당신이 말한 것은
              모두 거짓이죠!

생태학자   내가 뭐라고 했지?

요매   당신은 나와 결혼하고 싶다고 했잖아요?

생태학자   언제?

요매   저 위 물굽이에서 당신은 나와 결혼하고 싶다고
              했어요. 당신은 말하자마자 잊었군요. 참 잘도 잊
              어버리는군요. 당신은 날 괴롭히고 있어요. 다 싫
              어, 아무 것도 필요 없어, 정말 죽고 싶어!

생태학자   정신 차려. 바보 같은 어린애로군.

요매   난 바보 같은 어린애가 아니에요.

생태학자	하지만 그런걸, 넌 아직도 아이 같아.
요매	아니에요. 당신이 날 아내로 맞아 주면 난 끝까지 당신과 함께 있을 거예요. 난 당신을 위해 빨래도 하고 밥도 지을 수 있어요. 당신 시중도 잘 들 수 있어요……. (그를 꼭 붙잡고 울다가 점점 진정한다.)

생태학자는 천천히 그녀를 밀어내며, 그녀의 머리카락을 쓰다듬는다. 요매는 바보같이 웃는다.

생태학자	돌아가.
요매	뭐라고요?
생태학자	돌아가! 내가 아직 정신 차리고 있을 때 제발 돌아가. 내가 널 망칠지도 몰라.
요매	난 두렵지 않아요. 난 아무것도 두렵지 않아요. 날 아내로 맞아 주기만 한다면.
생태학자	난 내 자신까지도 망쳐 버릴 거야. 난 여기에 더 있을 수가 없게 될 거야. 사람들이 날 지켜보고 있어.
요매	당신이 무슨 과학자예요? 겁쟁이, 겁쟁이!
생태학자	넌 그렇게 말하면 안 돼. 넌 몰라!
요매	겁쟁이, 겁쟁이!
생태학자	넌 너무 단순하게 생각하고 있지만, 나는 이 산에서만 있을 수는 없어.
요매	당신이 어디를 가든 난 당신을 따라갈게요. 전 산

에서 자라서 고생은 두렵지 않아요.

생태학자   게다가 아주 많은 일들이 있어. 넌 알 수도 없고, 넌 내 처지를 이해하지도 못해. 그땐 아무것도 수습할 수 없게 될 거야.

요매   아! 당신은 남들이 산골 촌색시를 얻었다고 흉볼까 봐 그러죠? 제가 당신한테 어울리지 않아서요? 그럼 처음부터 그런 말을 하지 말았어야죠. 저에게 이런 상처를 주지 말았어야죠. 절 이렇게 고통스럽게 하다니요. 아…… . (운다.)

무대가 어두워지고, 산속 샘물만 졸졸 흐른다.

생태학자는 탁자 귀퉁이에 엎드려 등잔불 앞에서 글을 쓰고 있다.

생태학자의 목소리   (천천히 말한다.) 인류가 다른 동물과 구별되는 중요한 표지는 수동적으로 자연에 순응하지 않고 어떤 목적 하에 적극적으로 자연을 개조해서 자기의 필요에 적합하게 만드는 것이다. 인류가 오늘날 지구상에서 만물의 영장이 된 것은 바로 대자연과 오랫동안 쉬지 않고 완강히 투쟁한 결과이다…… .

동시에 무대 안쪽 깊은 곳의 높은 단 위에 노가수가 나타나 큰북을 치고 있다. 몸에는 줄에 꿴 방울을 걸고 있어 그 소리가 점차 울리기 시작한다.

노가수   (노래)

천지개벽의 흑암전에 대해 물었던가?

하늘이 어떻게 열렸고, 땅이 어떻게 나누어졌는지?

내 분명하게 말해 줄 테니 들어 보시오.

오늘은 다른 노래는 하지 않고 단지 이 옛 뿌리에

대해서만 얘기하리다.

그때는 하늘도 없고, 땅도 없고, 해도 없고, 달도

없고, 별도 없었지.

상하좌우, 사면팔방, 온통 흑암과 혼돈뿐이었네.

반고, 그는 혼돈 속에서 태어나

아버지 어머니 없이 홀로 자라났지.

　　무대의 맨 앞에서, 생태학자가 사라짐과 동시에 머리를 짧게 깎
고, 문신을 하고, 허리에는 거친 마로 된 천을 두르고 옥돌 귀걸이를
한 원시인이 가죽으로 동여맨 몽둥이와 잘 갈아서 윤기가 흐르는 돌
도끼를 들고 천천히 기어 올라가고 있다.

노가수   (뛰어오르며 북을 치고, 기운차게 노래한다.)

반고가 꿈에서 처음 깨어나 눈을 크게 뜨고는

몸을 일으키고 허리를 쫙 펴려다가

머리를 한 번 부딪혀 머리통이 아팠거든,

도끼를 찾아 하늘과 땅을 나누려 했지.

생태학자 역을 하는 배우 (무대 한 귀퉁이에 재빨리 나타나 큰 소리
로 논문 한 편을 낭독한다.) 인류는 자연을 정복함

과 동시에, 멈추지 않고 자연을 짓밟고 파괴했다. 특히 근 한 세기 동안 생산력이 고도로 발전함에 따라, 인간은 자연으로부터 일방적으로 수탈하는 방식의 개발과 이용을 일삼아 이미 자연 생태계는 평형을 잃어버렸고, 인류가 의존하여 살아야 하는 생존 환경이 나날이 악화되고 있다.

여배우 갑 (그와 동시에 무대에 올라와, 두 사람이 동시에 좀 작은 소리로 말한다.) 우리들은 삼림을 다 베어 버리고, 다시 관목들을 베어 내고 다음엔 풀까지 베어 버리고, 공작 고사리까지도 긁어모아 태워 버렸다. 한 철 옥수수를 심기 위해 산을 한 번 더 태워 버린다. 그러고는 화분에 꽃을 심고 또 분재를 산다.

생태학자와 여배우 갑 (합창으로) 아, 삼림을 살리자! (퇴장한다.)

벌목꾼들이 등장한다. 모두 똑같이 무표정한 중성적인 탈을 쓰고 춤추며 걸어 나와, 원시인을 중심으로 둥글게 둘러싸고는 커다란 나무를 베는 시늉을 한다.

평! 평! 평! 평! 평! 평! 평!

큰 나무의 둥치가 우지끈 부러지는 소리가 아이야! 하며 들린다. 이것은 마음이 찢어지고 심장이 터지는 참혹하고 고통스러운 소리이고, 한 생명이 위기에 처해 있을 때 내는 외침이다.

평! 평! 평! 평! 평! 평!

노가수　　(쩌렁쩌렁 울리게 외치기도 하고 노래하기도 한다.)
　　　　하늘과 땅이 어둡다, 마치 달걀처럼,
　　　　흐릿하고 어슴푸레하게 몇천 몇만 층으로,
　　　　이때 반고가 천지개벽의 도끼를 휘둘렀지.
　　　　우르르 쾅쾅 와르르 쿵쿵 놀란 천둥소리 울리고,
　　　　사방에서 바람이 이네.
　　　　맑은 기운은 위로 올라가 하늘이 되었고,
　　　　탁한 기운은 아래로 내려앉아 땅이 되었네.
　　　　음과 양이 합치니, 빗물 주룩주룩 만물이 생겨
　　　　났네.

나무의 둥치가 잇달아 찢기는 소리,
우지지지지직…….
벌목꾼들이 사방으로 흩어져 도망치고, 큰 나무가 쿵 하고 땅에
쓰러진다. 숨이 막힌 어떤 사람의 절규 소리. 원시인이 우르러 거꾸
러지고, 사라진다.
　　고요한 가운데 음악이 흐르다가 아주 잠깐 멈춘다. 남녀 배우들
이 무대 위, 아래 여기저기서 나타나자, 즉각 나무 베는 춤의 어렴풋
한 리듬과 점점 더 시끄러워지는 기계톱과 전기톱, 트랙터, 디젤트럭
소리가 들리기 시작하고, 노가수의 노랫소리도 아득히 멀어지면서
그의 쉰 목소리가 어렴풋이 들린다.

남자 배우 갑　우리들이 들소와 야생마를 멸종시켰어.
남자 배우 을　우리들이 사자와 코뿔소를 멸종시키고, 또 코끼

리 떼를 쏴 죽였지.

남자 배우 병 호랑이와 악어도 빠질 수 없지.

남자 배우 정 두루미와 먹황새가 위기에 빠졌어.

남자 배우 무 우리들이 지금 판다를 지키고 있지.

남자 배우 기 우리 이 지구상에서는 매일 두세 종의 생물이 사라져 가고 있어.

남자 배우 경 아직 우리들이 미처 알지도 못한 생물 종들이 이미 우리들 때문에 멸종되었지.

남자 배우 갑 이제 두견새도 사라져 버리고 말겠지? 우리들도 아마 외로워질 거야.

모든 사람 (합창하며) 아! 삼림을 살립시다!

여자 배우 을 (여학생이 시를 외우듯) 지구의 같은 위도 상에서 마치 무인도처럼 단지 우리들의 원시림만이 남아 있어요…… 옛 바빌론 문화는 이미 사막 아래로 사라져 버렸죠…… 거기는 단지 바람과 모래만이…… 끝없는 사막과 깊은 적막만이…….

모든 음향과 장면이 사라진다. 다시 보이는 것은 사각 탁자에 엎드려 잠이 든 생태학자. 등잔불도 이제 석유가 다 떨어져 겨우 미약한 불빛만이 남아 있다. 그의 좌우 양쪽에, 한편에는 요매의 그림자가, 다른 한편에는 방의 그림자가 나타난다. 요매가 그에게 대들듯 "겁쟁이! 겁쟁이!" 하고 소리친다. 방도 애절하게 말한다. "당신은 정말 여자의 마음을 이해하지 못해……." 그러나 그 소리들은 모두 들리지 않는다. 단지 산속에 잔잔히 흐르는 샘물 소리만 들릴 뿐이다.

3장
「열 자매 시집 보내기[陪十姐妊]」와 내일

　　노가수 역을 맡은 배우가 철사로 만든 재갈을 물린 강아지나 고양이 한 마리를 끌거나, 혹은 융단으로 만든 곰 인형을 끌고, 객석을 지나 등장한다. 그는 무대 위 모든 사람이 볼 수 있는 곳에 그것을 매어 두고는, 표범 가죽이 깔려 있는 긴 의자에 허리 아래까지 면 이불을 덮고 눕는다.

　　진 간사가 등장한다.

진 간사　집 안에 누구 있소? 아, 안녕하십니까? 왜요, 어
　　　　　디 좋지 않아요?

노가수　별로 안 좋아.

진 간사　어디가 편찮으세요?

노가수　몸 구석구석이 다 안 좋아.

진 간사   괜히 그러시는 건 아니겠죠?

노가수   허허, 늙었어. 곧 무덤에나 들어가야지. 며칠 전
        곰 한 마리를 잡으려는데, 몸이 영 말을 안 듣더
        군. 죄를 너무 많이 지어서 하늘이 용서하지 않는
        게지.

진 간사   이 영감이! 또 신이 내렸다는 둥 하면, 내가 영감
        한테 벌금을 물릴 테야.

노가수   무슨 벌금을?

진 간사   또 사고를 쳤잖아요.

노가수   당의 방침을 어기는 일은 안 해, 난.

진 간사   영감 동라갱 가서 또 무슨 짓을 하고 왔어요?

노가수   지난 요 몇 달 동안 난 나가지도 않았어.

진 간사   김매기 농악 놀던 때 말이오.

노가수   농악 노는 것도 요즘에는 방침에 어긋나나?

진 간사   당신이 노래 부른 걸 말하는 게 아니고요.

노가수   난 농악 논 것도 방침에 어긋난다는 줄 알았지.

진 간사   난 영감이 동라갱에서 무슨 일을 꾸몄는지 묻는
        거요.

노가수   난 동라갱에는 가지도 않았는걸.

진 간사   영감, 솔직하지 못해. 닭도 잡고 귀신도 모셨잖아.
        내가 모를 줄 알고.

노가수   잘못 들은 거 같은데? 난 아니야.

진 간사   내가 다음번에 영감이 그런 짓 하는 걸 잡으면,
        벌금 낼 각오하시라고.

노가수 　진 간사, 차 마시려거든 직접 따라 마시우. 내 다
　　　　리가 또 말을 안 들어.

진 간사 　쓸데없이 여기저기 일이나 벌이지 마세요.

노가수 　내가 돌아다니지 않으면, 날 먹여줄 건가?

진 간사 　사냥한 것만 가지고도 돈은 적잖이 받았을 텐데.
　　　　말해 봐요, 저 곰은 얼마 받았죠?

노가수 　이런 게 모두 장님이 방울에 부딪히고 총부리에
　　　　부딪히는 격이야.

진 간사 　그럼, 이번 겨울부터 봄까지 그저 사냥만 해서 얼
　　　　마나 받았죠?

노가수 　허, 모두 다 없애 버렸지. 그런다고 내가 당할 줄
　　　　알고?

진 간사 　아직 남은 암보는 없어요? 나한테도 하나 줘요.

노가수 　그걸 가지고 뭘 하게? 대들보 위에 걸어 놓는다고
　　　　여자가 아일 낳을까?

진 간사 　애를 낳는다고? 또 하나 더 나오면 그 벌금을 어
　　　　떻게 감당하라고.

노가수 　당신도 벌금을 내시오? 아니 향 정부의 간사 아
　　　　니오?

진 간사 　간사가 뭐 좋다고? 난 장사나 하고 다녔음 좋겠
　　　　소. 이 나이 되도록 여지껏 그놈의 간사를 하고
　　　　있으니.

노가수 　다행이지. 당신이 향장이라도 됐더라면, 온 마을
　　　　이 다 화를 당했을걸.

진 간사   (이리저리 둘러보다가) 저거 곰 새끼 아니오?

노가수   잘못 보셨소, 강아지야.

진 간사   놀리지 말아요. 영감, 새끼 곰을 한 마리 데려왔군.

노가수   주웠어. 숲 속에서 주웠지. 어미 곰을 잡는 바람에 손쉽게 새끼를 주워 왔지.

진 간사   난 어째 그런 것도 하나 못 줍지? 영감은 빌어먹을, 어째 늘 그렇게 운이 좋아? 내가 가져가겠소.

노가수   글쎄⋯⋯.

진 간사   2원만 줄게.

노가수   2원? 20원 내겠다면 가져가시우.

진 간사   이렇게 쬐끄만 새끼를 20원이나? 정말 지독하네!

노가수   50원에도 못 살걸. 시내 동물원으로 가져가면 110원은 받고말고. 그게 정찰가야. 만약 원숭이 곡예하는 사람이라도 만나면 부르는 게 값이지.

진 간사   누가 원숭이 곡예를 한대?

노가수   그럼 곰을 키워 뭐하게?

진 간사   집이나 보라고.

노가수   그러려면 당신네 집 돼지, 닭 할 것 없이 다 이놈 먹이는 데 들어갈 텐데.

진 간사   귀염둥이, 요놈이 그렇게 대단한가?

노가수   야생 동물인걸. 사람만 물지 않으면 순한 거지.

진 간사   그럼 두었다 원숭이 곡예사나 기다리시우. (방문 앞으로 간다.) 여기도 야인 잡으러 왔던가요?

노가수   사람들이 여기 와서 등록이라도 하남?

진 간사 이 마을에 사는 사람이라야 겨우 몇십 가구뿐인
데, 모를 리가 있겠소?

노가수 아, 그러니까…….

진 간사 얼렁뚱땅 넘어가려 들지 마시고, 상부에서 온 사
람도 삼십 명도 넘는데, 한 사람은 산에 들어간
지 벌써 몇 달이나 되었잖아요? 허구한 날 뭘 한
대요?

노가수 쓸데없이 오만 가지 일에 다 참견할 필요 없지!

진 간사 (그의 옆으로 다가와, 허리를 구부리고 정색하며) 영
감, 그 사람 정말로 야인에 빠져 있는 거요, 아니
면 뭐 다른 짓거리를 하는 건가? 조사하러 온 것
만은 아니죠?

노가수 온 산을 싸돌아다니더군.

진 간사 혹 그가 우리들의 향 간부에 대해서 묻고 다니거
나 하지는 않죠?

노가수 본분을 지키는 사람이야.

진 간사 사실은 그놈의 감사반인지 조사단인지가 제일 처
치 곤란이거든. 영감이 좀 잘 차려서 그를 한 번
대접해 줘요. 다음에 영감한테 보고를 받을 테니.
(이리저리 살피며) 저, 이 마을 초등학교 선생이 영
감한테 민가를 수집하러 온다면서요? 요즘엔 그
게 유행이야, 한때 바람이지, 방송에서 요즘 매일
나오는 그 무슨 님, 무슨 아가씨 하는 민가들 말
이오. 영감 그 빌어먹을 뱃속에 가득하잖아. 언제

나한테도 좀 들려주시우.

노가수 그러려면 술을 가져와야지.

진 간사 영감이랑 입씨름해 봐야 소용없지. 이 곰 새끼는 정말…….

생태학자가 등장하여, 두 사람이 방문 앞에서 서로 맞닥뜨린다.

생태학자 안녕하세요.

진 간사 안녕하세요. (그를 훑어보며) 날씨 좋죠, 아, 산에 올라갔었어요?

생태학자 막 돌아왔어요.

진 간사 야인을 찾았소? 야인 터럭 하나도 없죠?

생태학자 (웃으며) 없어요.

진 간사 (그에게 친한 척하며) 없는 게 다행이지. 십중팔구 가짜지. 내가 그들을 모를 줄 알고? 아주 정직한 척 하지만, 뱃속에는 빌어먹을 똥창자만 뒤룩뒤룩 감겨 있지. 무슨 야인의 털이야? 모두 원숭이 털 가지고 염색한 걸 거라고!

생태학자 그건 화학 분석으로 알 수 있죠.

진 간사 내가 이렇게 얘기했다고 하지 마쇼. 당신은 야인을 찾지 않으면 뭘 찾고 있소?

생태학자 표본을 수집하고 있지요. 이 산 일대에는 속칭 비둘기 나무라고 하는 원생 낙엽 교목 숲이 있고, 또 이런 오래된 식물로 은행나무, 수삼나무, 중국

튤립나무들이 있어요. 이런 귀한 나무들은 살아 있는 화석이라 할 만해요, 백만 년 정도는 된 거 니까.

진 간사 　당신 신분증은 있소? 난 향 정부에 있는데. 요즘 은 별별 사람들이 다 산으로 들어가요. 약초 파 는 놈, 목재를 훔쳐가는 놈, 사냥하는 놈, 평천에 다 집을 지어 마누라 얻겠다는 놈, 지금은 야인 찾는다는 사람까지 말이에요……

생태학자가 신분증을 제시한다.

진 간사 　아, 당신은 얼마든지 필요한 만큼 머무르시오. 이 산은 공기가 참 좋죠? 지난번 상하이에서 야인을 찾겠다고 온 사람들이 몇 있었죠. 내가 그들을 데 리고 이 산에 왔는데, 오더니만 갈 생각을 하지 않더라고요, 상하이는 문만 나서면 큰 빌딩들뿐 이라고 하던걸요?

생태학자 　그래요.

진 간사 　여기선 문만 나서면 산에 올라야죠. 게다가 상하 이는 가는 곳마다 사람들과 부딪치고, 사람이 메 뚜기보다도 많다던데, 진짜 그렇소?

생태학자 　그보다 훨씬 더 많죠.

진 간사 　에이, 언제쯤에나 출장이라도 도시로 가서 세상 구경이나 한번 할까! 별일 없으면 우리 향 정부에 와서 차라도 드십시다. 전 진 간사라 합니다. 이 산에서 물으면 다들 알 거요.

노가수　진 간사, 차 한잔 안 하려우?

진 간사　가야죠. (퇴장한다.)

노가수　그 사람 갔소?

생태학자　갔어요.

노가수　쳇!

생태학자　왜 그러세요?

노가수　옛날에, 바로 저 짐승 같은 놈이, 날 짓밟았지…… (간신히 몸을 옮기며) 바로 이 다리가…… 미안하지만…… 문 좀 닫아 주게…… 난 바람이 무서워…… 나쁜 놈은 피한다 해도, 나쁜 운명은 피할 수가 없지. 이번엔 그냥 지나치기 어려울 것 같군…….

생태학자가 방문을 닫자, 무대가 어두워진다. 노가수와 생태학자 모두 사라진다. 무대의 다른 귀퉁이에서 노가수가 1미터나 되는 높은 종이 모자를 쓰고, 목에는 '우귀(牛鬼)'라는 두 글자가 새겨진 나무 패를 걸고, 작은 징을 든 채 허리를 구부리고 머리를 숙이고 있다. 작은 징을 칠 때마다 머리를 쳐들고 "용서를 빕니다."라고 소리친다. 옆으로 찢어지듯이 입을 벌린 것이 마치 귀신의 얼굴 같다. 퇴장한다. 이 장면도 소리 없이 진행된다. 어둠 속에서 마른 대나무가 우수수 부는 차가운 바람을 맞아 갈라지는 소리만 들린다.

무대 앞부분 높은 곳에서 생태학자가 망원경으로 관찰하고 있다.

세모가 등장한다.

세모   아저씨, 지금 뭘 보고 계세요?

생태학자   두루미를 찾고 있단다.

세모   저도 보여 주세요, 괜찮죠?

생태학자는 세모를 안아 올려, 망원경을 건네준다.

생태학자   저 멀리 봐. 산골짜기 안, 호수에 뭐가 보이니?

세모   보여요! 아주 큰 두루미 한 마리가, 아, 무리 지어
         있네요.

생태학자   세어 보렴. 몇 마리가 있니?

세모   한 마리, 두 마리, 회색 두루미도 한 마리…….

생태학자   그건 재두루미다.

세모   또 검은 목에 빨간 머리를 한 것도 있어요…….

생태학자   그건 먹황새란다, 나라에서 보호하는 일급 보호
         조류지. 모두 몇 마리나 되니?

세모   하나, 둘, 셋, 넷, 다섯, 여섯, 날아가기 시작해요.
         아주 긴, 아주 긴 다리, 날아오를 때 그 두 다리
         를 쭉 펴요!

생태학자   오므리는 건 백조고, 오므리지 않는 건 두루미란
         다. 저것들은 아주 먼 곳에서 이리로 와 겨울을
         나지. 봄이 되면 다시 북쪽으로 돌아간단다. 이들
         은 선발대로 가장 먼저 온 몇 마리란다.

세모	아주 많나요?
생태학자	만약 여기가 앞으로도 살기에 적합하다면, 많이 올 거다. 만약 살 만하지 않으면 모두 날아가 버리고, 다시는 보이지 않게 되지.
세모	아저씨도 곧 가세요?
생태학자	그래.
세모	다시 오시나요?
생태학자	모르겠다. (위로하며) 다시 올 거야. (가방에서 책을 한 권 꺼내어) 이 조류 도감을 너에게 주마. 위에는 그림이 있으니, 비교해 볼 수 있고, 여러 종류의 새들을 구분할 줄 알게 되지. 사람과 새는 친구야, 알겠니?
세모	알았어요.
생태학자	사람과 나무도 역시 친구란다. 숲이 있는 곳이라야 사람도 편안하게 살 수 있거든.
세모	사람과 야인은요?
생태학자	물론 친구지. 세모야, 봄이 되기 전에 호숫가에 와서 한번 보렴. 어떤 새가 있는지. 각기 몇 마리씩 있는지 세어보고, 그리고 편지를 써서 내게 알려 다오. 편지 쓸 줄 알지?
세모	예, 선생님께서 가르쳐 주셨어요.
생태학자	나중에 매년 봄이 되기 전 호숫가에 가서, 그 수가 늘었는지 줄었는지 보렴. 기억해, 머리가 붉은 건 두루미, 붉은 머리에 목이 검은 건 먹황새, 온

몸이 잿빛인 건 재두루미, 구별되지?

세모   걱정 마세요! 이런 것도 기억 못 할까 봐요? 아저
씨 다시 오시는 거죠?

생태학자   다시 올 거야. 하지만 그전에 나는 여러 곳을 다
녀야 하거든.

세모   모두 먼 곳인가요?

생태학자   모두 먼 곳이지, 우리가 살고 있는 이 땅은 너무
나 크거든.

"콩, 콩콩, 콩, 콩콩, 콩, 콩콩……." 두루미 울음소리. 획 소리와 함
께 푸푸 푸푸, 새떼가 놀라 날아가는 소리.

왕 기자와 임 주임이 다른 쪽에서 등장한다.

왕 기자   번거롭게 또 찾아왔습니다.

임 주임   내 분명히 말하지만, 야인에 대해 어떠한 소식도
다시 발표할 수 없습니다! 이것은 우리 삼림 지구
의 명예와 관련됩니다.

왕 기자   임 주임, 안심하시지요. 이번에는 야인을 취재하
러 온 것이 아닙니다. 이곳에 손육덕(孫育德)이라
는 초등학교 교사가 있죠?

임 주임   그 사람은 또 왜요?

왕 기자   아직 모르셨습니까? 그 사람이 수집해서 정리한
당신네 지방의 옛 노래 「흑암전」이 이미 발표된
걸요!

임 주임 그 일은 저도 몰랐는데요. 그 사람 혼자서 벌인 일이니, 일이 생기면 그 사람 혼자서 책임을 지겠죠. 우리 삼림 지구는 이런 일은 심사해 본 적이 없어요.

왕 기자 임 주임님, 민속학계의 권위자들이 칭찬하는 글을 썼는걸요! 평가가 아주 좋아요. 이 노래는 최초로 발굴된 한족의 서사시라더군요. 이제껏 들어보지 못하던 것이니, 이거야말로 중요한 뉴스거리가 아니겠어요. 저는 곧 그 사람을 찾아서 독점 인터뷰 기사를 쓰려고 해요! 저는 또 「흑암전」을 부른, 그 성이 뭐였더라, 성이 증 씨인 가수도 찾아봐야 해요.

임 주임 신이 내린다면서 해괴한 짓을 하던 그 증 씨 영감 말인가?

왕 기자 지금 민속학 연구하는데, 이런 늙은 무당은 찾을래도 거의 없답니다. 큰 판다보다도 더 드물고, 야인처럼 곧 멸종이 될 거라나요.

임 주임 한 발 늦었소.

왕 기자 어째서죠?

임 주임 막 죽었어요.

왕 기자 어떻게 죽었죠?

임 주임 늙어서죠! 늙어서 죽었죠!

신부를 맞는 신랑집의 신부맞이 행렬은 하나같이 남자들로, 선두에는 징잡이, 북잡이, 그리고 나팔 부는 이가 있다. 이들은 내내 두드리고 불어대느라 요란하기 그지없다.

한 장년 남자 (노래)

    까치 한 쌍이 대문에서 울어대네,

    내일이면 신부가 도착한다고.

    앞에 든 것은 금빛 양산이고,

    뒤에 든 것은 수놓은 가마라네.

무리들이 따라서 큰 소리로 곡의 후렴을 함께 부른다.

신부집 앞에는 예쁜 저고리와 바지를 입은 숫처녀들이 붉은 대추, 곶감, 깨엿, 담배가 가득 담긴 쟁반을 받쳐 들고 있다. 신부를 맞으러 온 총각들은 신부측 처녀들이 손에 받쳐 든 쟁반의 음식들을 움켜쥐고서 장난스런 말을 하기도 한다. 총각들을 놀리는 활발한 처녀들도 있는데, 킥득거리는 웃음을 그치지 않고 몸을 돌려 뛰어가 버린다. 신부를 맞으러 온 이들도 따라서 퇴장한다.

삘리리 나팔소리 울리는 가운데 매파가 머리엔 비녀를 꽂고, 얼굴엔 뽀얗게 분을 바르고, 손엔 수건을 들고, 걸음걸이도 억지 맵시를 내며 등장하여, 먼저 몸을 흔들며 한 바퀴 돈다.

매파 (노래)

    석류꽃 피고 잎마다 푸르를 때

    내가 열 자매에 대해 노래하는 걸 들어보아라.

    부추밭 언덕에는 자매들도 많구나.

모두모두 노래를 잘 부른다네.

신부집 노래패가 등장하는데, 하나같이 아가씨들과 젊은 며느리들. 고개 숙인 신부 요매를 둘러싸고 등장한다. 나팔소리에 방울소리가 더해진다.

여자 갑　（노래）

오동나무 꽃이 피니 온통 하얗고,

여자만으로 안 되지요,

연밥이 땅에 떨어져야 연밥이 생기니

모녀가 결국은 헤어져야지.

여자 을　（노래）

부모님 딸 키우느라 얼마나 고생인가,

다 키워 시집보내는 데 또 돈깨나 들었네.

여자 병　（노래）

오라버니 마음 씀이 미안하여라,

어릴 적부터 널 돌보아주었는데.

여자 정　（노래）

올케 언니 마음 씀도 안타까워라,

꽃다발 만들어 너를 이끌었네.

시냇물 소리. 자매들이 손에 손을 맞잡고 시내를 건너는데, 배경에는 반대 방향으로 벌목꾼들의 그림자가 나타난다.

쾅! 쾅! 쾅! 쾅! 쾅! 벌목하는 도끼 소리.

큰 나무 둥치가 처음 우지직 갈라지는 소리, 아이야⋯⋯!

쾅! 쾅! 쾅! 쾅! 쾅! 벌목꾼들이 박자를 맞춘다.

나무 갈라지는 소리 더 심해진다. 우직, 우지직 치아, 차, 차⋯⋯.

베어져 넘어가는 나무가 콰당 하고 땅에 쓰러지는 소리.

그와 함께 그림자로 벌목꾼들의 춤추는 모습이 계속 나타난다.
앞서 두 번의 벌목꾼 춤에 비해 동작이 좀 더 추상적이며 단순하다.

이번의 벌목꾼 춤은 다음의 「열 자매 시집 보내기」 노래와 대응
하며 함께 진행된다.

여자 무   (노래)

친정집 떠나 시집에 왔으니,

차 나르고 물 길으며 효성을 다해야지.

여자 기   (노래)

이왕이면 아내 노릇 현명하고 지혜롭게,

남편 시중에 마음을 다해야지.

여자 경   (노래)

동서가 많으면 이래저래 말도 많으니

쓸데없는 이야깃거리 안 되게 조심해야지.

여자 신   (노래)

아침 일찍 일어나고 저녁 늦게 잠자며 근검절약
하고,

하루 빨리 통통한 아기 하나 낳아야지⋯⋯.

여자들 소리 멀어져 가고 노래패 퇴장하며, 배경으로 벌목꾼들은

사라지고, 흔들리는 횃불들이 나타난다.

무대 한쪽에서 여행 가방을 멘 생태학자가 등장하며, 맞은편에 오는 것은 찻잔을 든 임 주임이다.

생태학자 안녕하십니까? 임 주임님.

임 주임 (화를 내면서) 난 이제 주임이 아니오!

생태학자 (놀라면서) 무슨 일입니까?

임 주임 파직됐단 말이오.

생태학자 무슨 일 때문입니까?

임 주임 당신이 상부에 보고한 것 때문이지 뭐겠소? 시치미를 잘도 떼는군.

생태학자 죄송합니다. 그러나 저는 당신 개인을 문제 삼지는 않았어요. 단지 이곳의 삼림 벌목을 정지하라고 호소했을 뿐입니다.

임 주임 삼림을 베어 내지 않는데 삼림 지구 주임이 필요할 리가 있겠소?

생태학자 (진심으로) 당신은 여전히 보호구의 주임을 맡으실 수도 있죠. 정말입니다. 그럼 차 마실 시간도 늘고요. 전 당신을 고발할 뜻이 조금도 없었어요. 당신이 오해하신 겁니다.

임 주임 (감상적으로) 나보고 쉬라는군.

생태학자 연세가 어떻게 되십니까?

임 주임 예순하나요.

생태학자 아, 정말 그렇군요.

임 주임	끝났어. 이제 넘겨줄 절차나 기다릴밖에. 내가 손수 만든 삼림 지구는 끝났어! 상부에서 비준한 문서만 내려오면, 여기는 자연보호구로 바뀔 테고. 모두 당신이 한 일이니 신나시겠구려?
생태학자	당신께도 축하드립니다.
임 주임	뭐라고?
생태학자	당신은 이제 회의 같은 데 시간을 낭비하지 않아도 되고, 노년에 새소리나 들으며 즐길 시간이 생겼으니 좋지 않겠습니까?
임 주임	새소릴 듣는다고?
생태학자	여기엔 '팔성두견'이 있는데, 그 소린 산 밖에선 절대 못 듣죠.
임 주임	뭐? 뭐라고?
생태학자	팔성두견, 여덟 가지 다른 음으로 노래할 수 있는 두견새요!
임 주임	가, 가시오, 가.
생태학자	그럼 안녕히 계세요. (돌아보며 퇴장한다.)
임 주임	(맥 빠진 발걸음으로 걷는데, 힘이 하나도 없다.) 잘 가시오. 잘 가. (고개를 들어 새 우는 소리를 듣다가 멈춰 서서 눈을 가늘게 뜬다.)

새가 운다. 어두워진다. 텔레비전의 잡음과 무선 전파 소리. 텔레비전 화면에 여자 아나운서가 나타난다. 이와 동시에 야인 조사대가 등장한다. 모두 똑같이 등산복 차림에 사진기, 소형 캠코더, 등산용

지팡이, 사냥총, 구급상자, 망원경, 무선전화기와 밧줄 등 각종 장비를 갖추었다.

여자 아나운서 시청자 여러분, (눈을 낮게 뜨고 눈썹을 움직인다.) 오늘 '세계의 창' 테마 기획 프로에서는 각국의 전문가와 학자들이 히말라야 산맥의 '설인(雪人)'과 북아메리카의 '발 큰 괴물[大脚怪]'에 대해서 발표한 갖가지 견해를 전해 드립니다. 우리 나라 야인 과학자들과 야인 동호인들께서는 관심을 가지고 들어 주십시오.

야인 조사대장 집합! 각자 지니고 계신 장비를 점검해 주십시오. (대원들은 자신이 가지고 있는 장비를 점검한다.)

여자 아나운서 이분은 영국 탐험가 쿠버입니다. (사라진다.)

영국인 탐험가 (나타난다.) 저와 저희 동료들은 직접 설인이 눈 위에 남겨 놓은 두 줄의 거대하고 선명한 발자국을 목격했습니다. 그때 우리는 메룽 빙하에 있었는데 두 줄의 발자국을 따라 몇 킬로미터쯤 쫓아갔습니다. 예, 제가 말씀드린 메룽 빙하는 M, E, L, U, N, G로 Melung 빙하입니다. (사라진다.)

야인 조사대장 (대원들에게 조사 개시를 알린다.) 자, 우리는 즉시 산으로 올라갈 것입니다. 일단 산속에서 이 괴이한 짐승을 만나면, 어떠한 방법을 써서라도 꼭 잡아야만 합니다. 또한 바로 사진을 찍어야 합니다. 이렇게 되면 우리는 직접적인 증거를 손에 넣을 수가 있게 되고, 단번에 수수께끼를 풀게 되죠!

프랑스인 지질학자　(나타난다.) 우리는 물론 사진을 찍었고, 또한 비교 분석을 진행했습니다. 이 다섯 개의 발가락은 모두 분명한 발자국으로 절대 눈표범의 것이 아니기 때문입니다. 눈표범의 발자국은 발톱의 흔적이 있기 때문이죠. 그리고 곰의 다섯 번째 발가락은 다른 발가락에 비해 조금 더 굵고 단단합니다. 사람은 그와 반대로 엄지발가락이 가장 굵고 단단합니다. 따라서 결론은 사람과 비슷한 거대 포유동물로 아직은 과학적으로 밝혀지지 않은 어떤 직립류일 것입니다. (사라진다.)

여자 아나운서　방금 말씀하신 분은 프랑스 지질학자 보바리 씨입니다. 다음으로 여러분께서는 두 분의 미국인 톰슨 교수와 로버트 박사를 만나시겠습니다.

야인 조사대장　만일 거리가 좀 멀어서 잡기가 어렵다면, 우린 침착하게 빨리 관찰을 해야 합니다. 여기서 다시 한번 관찰상의 몇 가지 중요한 사항을 강조하자면, 첫째는 이 기이한 동물의 행동 방식이고, 둘째는 크기, 셋째는 털 색깔입니다. 이것이 첫눈에 파악해야 할 사항입니다. 그런 다음 곧 머리끝에서 꼬리까지 살펴봅니다. 첫째, 머리는 어떤 모양인가? 둘째, 윗다리가 아랫다리에 비해 긴지 아니면 짧은지? 셋째, 손에는 손톱이 있는지? 넷째, 도대체 꼬리가 있는지 없는지?

미국인 박사   이건 순전히 과학에 대한 조롱이오!

미국인 교수   분명하게 말해서 과학에 대한 도전이오!

미국인 박사   단지 발자국을 근거로요? 이건 모두 그 산사람들
이 밤중에 꾸며 놓은 못된 장난이죠, 외국 관광
객을 끌어들이려는 짓이오.

미국인 교수   당신에게 상기시켜 드리지 않을 수 없군요. 우리
미국에서도 이런 '발 큰 괴물'을 찍었었지요. 로지
퍼드슨이 1968년 10월 20일 노스캘리포니아의
브룩 크릭 지역에서 6미터 길이의 털을 끊기지 않
게 찍은 16밀리 컬러 필름은 또 어떻게 설명하시
겠소?

미국인 박사   여보게 친애하는 친구! 할리우드에서 무슨 영화
는 못 찍을까? 귀신에서 외계인까지 돈만 있으면
다 속일 수 있지. (껄껄 웃으며 사라진다.)

야인 조사대장 마취총을 사용하시는 분은 주의하세요! 총은 반
드시 근육이 많은 부분을 겨눠야 하며, 호흡기나
장기에 손상이 가는 것을 막기 위해서 절대로 흉
부나 복부에는 쏘지 마십시오. 또 한 가지 주의할
점은 지방층이나 피하 부분을 맞추면 약효가 떨
어질 수 있다는 겁니다. 여러분 모두 충분한 확신
만 있다면, 우리가 준비한 마취제로 이 기이한 동
물을 생포하는 데 반드시 성공할 수 있을 겁니다.

미국인 교수   (격렬하게) 우린 지금 과학을 논하는 것이오. 과학
은 진지한 것입니다. 발 큰 괴물이나 설인에 대해,

혹은 야인의 존재 여부에 대해, 살아 있는 표본을 잡기 전에는 긍정할 수도, 부정할 수도 있습니다. 그러나 나는 이로 인해 야기되는 인류의 감정을 손상시켜서는 안 된다고 생각합니다. 이런 동물로부터 우리는 인류의 유년기뿐 아니라 우리 개인의 환상과 환각, 악몽의 실체를 돌아볼 수 있지요. 더욱이 우리 인류의 공동체 의식이 낳은 신화와 전설 속의 요괴도 모두 그와 유관하다는 것은 말할 필요도 없습니다. (우울해진다. 영상이 점점 어두워지고 소리도 점점 작아지면서, 사라진다.)

야인 조사대장 특별히 주의하십시오. 야인이 마취되었을 때에도 반드시 엄격하게 간호해야 합니다. 첫째로, 호흡, 심장 박동, 체온의 변화를 두 시간마다 한 번씩 철저하게 체크하시고, 둘째로 감염을 예방하고 항생제와 다량의 비타민 시(C)와 복합 비타민 비(B)와 비 식스(B6)를 투약하여 주십시오. 셋째로 절대로 거칠게 다루지 마시고, 동공 반사에 주의하십시오. 잘 아시겠습니까?

대원들 잘 알겠습니다.

사냥개 여러 마리 짖어 대는 소리가 매우 시끄럽다. 텔레비전 화면이 사라진다.

야인 조사대장 자, 지금부터 조를 나누어 나갑시다!

모든 사람들이 뛰어간다. 개 짖는 소리가 멀어진다. 바람 소리가 들려온다. 무대 위쪽 한 모퉁이의 침대 위에 세모가 엎드려 잠이 들려 한다. 손에는 책을 들고 있다.

세모 엄마　(등장하여) 너 아직 등잔불 안 껐니?

세모　(중얼거리며) 공부하잖아요.

세모 엄마　장원 급제하겠구나! 책은 낮에 읽어야지, 밤에 읽으면 눈 버리는 건 말할 것도 없고, 기름도 낭비야. 불 꺼라. 안 들리니? 이 녀석. 불 끄랬지! (올라와서 아이가 잠이 든 것을 본다. 책을 치우고 이불을 덮어 주고 불을 끈다.)

　　무대는 깜깜하다. 바람 소리가 어딘지 안정되지 않은, 그리고 부드러운 전자 음악으로 바뀐다. 희미한 푸른빛 사이로, 긴 팔에 약간 허리가 구부정하고 긴 머리를 늘어뜨린, 온몸이 털북숭이인 야인의 그림자가 세모 앞에 나타난다. 아이는 눈을 가리고 있던 두 손을 풀고, 눈을 가늘게 뜬 채, 야인과 마주보고 서서 몹시 긴장한다.

야인　꽥꽥

세모　(조심스럽게) 꽥꽥.
　　　　(긴장이 좀 풀려, 억지로 미소를 지으며) 히히.

야인　히히, 히히.

세모　(마음놓고 웃으며, 큰 소리로) 우우!

야인　(허리를 곧게 펴고는, 무대 안쪽을 향해) 우우우우

          (긴 팔을 휘두른다.)

세모   (즐겁게 두 팔을 흔들며 춤을 춘다.) 우우! 우우!

야인   우-우-우!

세모   꽥꽥(야인에게 손을 내민다.)

야인도 손을 내민다. 그들은 손을 잡고서 무대 안쪽의 높은 곳을 향해 뛰어간다.

세모는 손을 놓고, 땅바닥에서 한 바퀴 뒹굴고는 고개를 돌려 야인을 본다.

야인도 서툴지만 가볍게 뒹군다.

세모가 뛰다가 고개를 돌려 야인을 부르니 야인도 뛰어간다.

세모가 숨는다. 야인이 그를 찾는다.

세모가 한쪽에서 기어 나온다. 야인이 그를 발견하고는 그에게로 뛰어간다.

세모는 야인을 이끌고 뛰어가니 야인도 그의 뒤를 따라가며 그들은 무대 뒤쪽 더 높은 곳을 향해 뛰어간다.

음악은 점점 더 크게 울리고, 그들의 동작은 점점 느려져서 영화의 슬로 모션과 비슷해진다. 그들이 가려는 그 높은 곳은 아스라한 곳에 있으나, 시종 밝아서 아이의 밝은 꿈 같다.

이제는 민첩한 아이와 둔한 야인의 춤이다. 아이는 야인과 재미있게 놀며 야인은 아이의 동작을 흉내 낸다. 늘상 반 박자가 늦지만 여전히 아이의 동작을 따라 한다. 팔을 천천히 움직이다가 손바닥으로 치며, 야인은 계속 아이의 동작을 따라 한다. 야인은 계속 관객을 등지고 서 있다. 아이는 뒤로 물러나며 폴짝폴짝 뛰면서 춤을 춘다. 깊이 들어갈수록 더욱 밝아지는 숲 속이다.

무대의 상하 좌우 곳곳에서 탈을 쓴 남녀 배우들이 분분히 나타난다. 이 탈들은 각기 희로애락의 다른 모습들을 과장되게 나타내고 있다. 그러나 모두 골계적인 풍으로 통일되어 있다. 배우들은 야인의 춤을 따라 한다. 그들의 등장과 동시에 반복적이면서 대위법적으로 벌목춤의 타악기 리듬과 「열 자매 시집보내기」 노래의 선율이 더해진다. 음악은 점점 휘황찬란해지다가, 점점 애상적으로 변한다. 늙은 가수의 탁한 목소리가 가끔씩 끼어든다. 크고 강한 음악 소리 가운데 아직도 아이가 꽥꽥, 우우, 꽥꽥꽥꽥, 우우, 우우, 우우우 하는 즐거운 소리가 은은하게 들려온다. 사람들은 마치 축제날 같은 신나는 분위기 속에서 춤을 추며, 모두 꽥꽥, 우우, 꽥꽥, 우우, 우우, 우우우 하며, 아이와 야인에게 호응한다. 혹자는 인간과 자연이 대화하는 소리라고 말한다.

부록

현대 연극의 추구[1]

    동서양의 연극은 그 문화적 배경이 다를 뿐 아니라, 연극 예술의 개념 자체에서도 커다란 차이를 보인다. 서로 다른 문화권의 예술 창작이 어떻게 다른지를 찾아보는 데서도 인간의 지혜를 끌어낼 수 있는데, 차이란 종종 어떤 인식, 어떤 동기, 어떤 씨앗을 내포하고 있기 때문이다. 동서양 연극의 차이를 비교하는 것은 바로 내 실험적 연극의 한 출발점이기도 하다.

    동서양 연극 예술 개념의 주요한 차이는 세 가지로 요약할 수 있다. 중국의 연극뿐 아니라 폭넓게 말해 일본의 노[能]와

---

[1] 여기 부록에는 가오싱젠 본인의 설명을 통해 그의 희곡 작품을 더 잘 이해할 수 있도록 그의 연극 평론집인 『한 현대 연극의 추구[對─現代戲劇的追求]』(중국희극출판사, 1988)에서 세 편의 글을 발췌, 번역해서 싣는다.

가부키[歌舞伎], 그리고 인도네시아의 연극에는 모두 노래와 춤, 설창(說唱)이 어우러져 있다. 중국 연극 용어로 말하자면, 창·대사·동작·무술이 하나로 어우러진 종합적인 예술인 셈이다. 서양의 연극은 주로 언어를 통해 표현된다. 그래서 중국에 소개된 후, 말해지는 연극 즉 화극(話劇)이라고 불리는 것도 전혀 근거가 없는 것은 아니다.

중국의 연극과 같은 동양의 연극들은 배우의 고도의 연기력에 기초하고 있어서, 관객이 극장에 와서 보는 것은 사실 배우의 연기다. 목청이 좋은지, 무술 동작이 능숙한지, 동작이 세련됐는지, 분장한 모습이 아름다운지 등, 배우의 연기가 주된 관심사이므로, 연극에서 전달하고자 하는 사상은 부차적이다. 따라서 언어를 통해 어떠한 사상을 담아 내는 서양의 연극과 비교할 때 더욱 중요한 것은 연기이므로, 심지어 중국 연극을 배우의 연극이라고도 할 수 있다. 서양 연극에서는 배우가 물론 중요하긴 하지만, 단지 그 예술의 한 부분일 뿐이며, 관객들은 연기 외에 희곡·연출 그리고 무대 미술들을 본다. 이것이 동서양 연극이 예술 개념에서부터 크게 다른 점 중의 하나다.

둘째로, 서양 연극은 예술에서 진실성을 추구한다. 사실주의 연극이나 자연주의 연극에서뿐 아니라, 메테를링크(Maurice Maeterlinck, 1862~1949)의 작품과 같은 상징주의 연극에서도 여전히 환각의 진실을 만들어 내고자 애를 쓴다. 하지만 예로부터 동양 연극에서는 지금 연극을 하고 있음을 분명히 드러낸다. 무대 위에서는 실생활의 사실적인 환경을 재현

할 필요가 없으며, 관객으로 하여금 진짜라고 믿게 할 환각을 만들려고 하지도 않는다. 거의 텅 빈 무대에서 가짜인 연극을 진지하게 연기한다. 그저 상징적인 연기로 관객의 상상력을 부추기고, 그들의 연기력으로 관객을 감동시킨다. 약간의 소도구나 무대 장치를 사용한다 하더라도, 그것은 분명히 장식성을 띤 것이며, 무대 위에 생활의 실제 모습을 재현하거나, 인물들 사이의 일상적인 행동을 추구하지는 않는다. 서양 연극이 극장에서 애써 진실성을 추구하는 반면, 동양 연극은 당당하게 무대 예술의 가정성(假定性)을 강조한다.

셋째로, 동양 연극의 구조는 서술적이다. 뿌리를 찾아보자면, 설창하는 예인(藝人)의 관점에서 비롯되었다. 이러한 서술의 관점이 희곡을 꿰뚫고 있을 뿐 아니라, 배우의 연기에도 그대로 배어 있어서, 자연히 충분한 자유를 누리며, 시간이나 공간의 객관성 혹은 그로 인해 요구되는 통일의 법칙에 구애받을 필요가 없다. 그러나 서양 연극은 이러한 시간과 공간의 객관성과 통일을 준수하기 위해 극작법에 있어서 막과 장을 나누어야 하고, 연기법에 있어서도 시간과 장소에 제한을 받는 등 훨씬 더 많은 제한을 받는다.

중국 연극으로 말하자면, 배우들이 극 중의 역할을 하는 동시에 여전히 배우, 즉 설창 예인의 신분을 유지한다. 즉, '나'라는 배우가 '그'라는 역할을 맡아 '너'라는 관객에게 보여 주는 것으로, 이곳 이 시간에 즉 무대 위에서 그곳 그 시간의 저 사람과 저 일을 서술하거나 연기하는 것이다. 그래서 희곡이나 연기를 막론하고 자유롭게 시공간을 넘나들 수 있는 여유가 있고, 순간의 감정을 늘여서 하루 저녁 내내 공연할 수도 있으며, 하동 지방에서 수년이 걸린 일, 하서 지방에서 수년 동안 있었던 일을 몇 마디 말로 하고 지나갈 수도 있다.

우리가 희곡을 창작하려 할 때, 우리 앞에는 이러한 두 갈래 길이 놓여 있다. 서양의 연극이 중국에 들어온 지 80여 년이나 되었으므로, 그간 이 두 물길을 터놓아 만나게 하려는 사람들이 있었고, 사람들은 그러한 노력을 "민족화(民族化)"라고 불렀다. 그러나 내 생각에는 중국어로 공연된 현대 연극은 이리저리 변화를 추구해 보았지만, 기본적으로 여전히 서양 연극의 길을 따라가고 있을 뿐이며, 그것도 서양 연극의 전통을 따라가고 있을 뿐이었던 것 같다. 지금 만약 우리가 관점을 좀 바꾸어, 거꾸로 가능한 한 철저하게 동양 연극의 예술적 전통을 파악하고 그 기초 위에서 서양 연극의 길을 운용한다면, 분명 또 다른 모습의 연극이 나타날 수 있을 것이라 생각한다.

1930년대부터 서양 연극의 전통적 형식에서 벗어나고자 하는 서양의 연극인들이 자신들의 연극을 혁신할 만한 예술의 개념과 수단을 동양의 연극으로부터 찾기 시작했다. 가장 큰 성취를 이룬 사람으로 브레히트(Bertolt Brecht, 1898~1956)와 아르토(Antonin Artaud, 1896~1948)를 들 수 있다. 그들은 또한 거꾸로 동양인인 나에게 영감을 주었다.

지금 세계는 날로 좁아져 가고 있다. 교통 수단과 정보 전달 수단의 발달로, 서로 다른 민족 간의 문화 교류도 더욱 쉬워졌고, 때로는 깊이 생각할 필요도 없게 된 것은 물론이고,

심지어는 한 가지 풍조와 현상이 전 세계에 유행하기도 한다. 그러나 예술 개념의 변혁은 도리어 이런 유행을 따를 필요가 없다고 생각한다.

작년에 나는 파리에서 영국 연출가 브룩(Peter Brook, 1925~)이 연출한 인도의 서사시를 보았는데, 그는 동양의 설창 예술의 개념을 빌려왔다. 그러나 그래도 그가 서양인이라서인지, 여전히 서양 연극 전통인 '진실성'에 집착하는 것 같았다. 극장 안의 무대를 없애고, 진흙을 깔아서 배우들이 맨발로 진흙 위를 걷도록 하였는데, 그가 실험한 것은 배우의 신체가 흙을 접하도록 하려는 것이었다고 한다. 프랑스의 연출가 비데(Antoine Videz, 1930~1990)가 연출할 때, 그는 무대 위에다 대리석을 깔았는데, 진짜 궁정에서 걷고 있는 느낌을 살리고자 한 것이었다. 내가 동양 연극의 변화를 추구하면서 서양으로부터 얻고자 한 것은 이러한 진실성의 추구가 아니었다.

서양 연극의 혁신에는 또 다른 노력이 있었는데, 그것은 바로 부조리극, 소위 반연극(反演劇)이라는 것이었다. 그들은 전통적인 연극성을 부정하는 데서 새로운 연극의 개념과 수단을 찾고자 하였다. 이러한 반연극의 노력은 종종 언어 유희라는 덫에 빠지게 되며, 극예술보다는 문학으로서의 의미가 더 커서, 혹자는 이를 극문학의 혁신이라고 말한다. 나는 혁신을 위해 노력한 그들의 정신은 높이 사지만, 그러한 반연극은 별로 좋아하지 않는다. 내가 베케트(Samuel Beckett, 1906~1989)를 좋아하는 이유는 언어 예술가로서의 성취 때문이다.

나의 「버스 정류장」은 한 편의 연극이지, 반연극은 아니다.

이 작품은 아주 분명한 동작으로 이루어진다. 사람들마다 가려고 하지만, 자신의 내적·외적 견제로 인해 결국 떠나지 못한다. 이 작품은 예로부터 동작을 기본적인 특징으로 하는 동서양 연극의 규율에서 결코 벗어나지 않는다. 부조리극 작가들 중에서는 주네(Jean Genet, 1910~1986)야말로 진정한 극예술의 혁신자라고 생각한다. 그는 연극이 본질적으로 연기를 통한 예술이라는 점을 깊이 이해하고 있다. 그의 극작은 연기를 통한 예술을 위해 새로운 경지를 개척했으며, 연극을 언어 예술의 실험장으로 만들지 않았다. 그의 작품은 오래도록 끊임없이 무대 위에 살아 있으리라 믿는다. 비록 그가 죽기 몇 달 전에야 비로소 그의 작품이 코메디 프랑세즈(Comédie-Française)에서 공연되었지만 말이다.

현대 서양 연극인들의 모색은 나의 연극적 실험에 매우 유용한 참고가 되었다. 그러나 내가 어떤 형태의 현대 연극을 찾아내고자 하였을 때, 나는 동양의 전통적 연극 개념으로부터 출발하였다. 이를 간략히 말해 보면 다음과 같다.

첫째, 연극은 종합적인 연기 예술로, 춤·노래·마임·무술·가면·마술·인형·서커스들을 한 화로에 녹여낸 것이며, 단순히 말로 하는 예술이 아니다.

둘째, 연극은 극장 예술이다. 어디서든 공연될 수 있지만, 무대라는 가정성은 인정되어야 한다. 그래서 지금 연극을 하고 있다는 사실을 숨길 필요가 없으며, 오히려 이러한 극장성이 강조되어야 한다.

셋째, 연극의 서술적 특성을 인정하기만 한다면, 실제 시간과 공간의 제약을 받지 않아도 된다. 마음 가는 대로 여러 가지 시간과 공간의 관계를 설정할 수 있으며, 연극의 연기도 마치 문학의 언어처럼 충분한 자유를 얻게 된다.

나의 실험 연극은 동양의 전통 연극에 대한 이러한 인식에 뿌리내리고 있지만, 또한 이러한 전통 연극의 어떠한 공식에도 속박당하지 않는다. 나는 전통 연극의 줄거리·연기·음악·배우의 역할 분담·분장은 물론, 더 나아가 성격까지도 모두 일정한 공식에 속해 있다고 생각한다. 나는 서양 전통 연극의 격식을 되풀이할 생각도 없지만, 동양 연극 전통의 공식에 속박당하기도 원치 않는다. 「야인(野人)」과 「피안(彼岸)」은 이러한 나의 연극에 대한 개념을 비교적 충분히 드러낸 작품들이다.

이외에 「독백(獨白)」은 연기 예술에 대한 나의 작은 선언이다. 이 모노드라마에서 나는 연기 예술에서의 배우와 그의 역할, 그리고 자기 개인의 독특한 인생 경험을 가진 살아 있는 인간, 이 삼자의 관계를 제기했다. 내가 이상적이라고 생각하는 연기는 중성적인 존재인 배우를 통해 다른 양자를 연결시키고, 이 삼자가 서로를 관찰하면서 서로 교류할 수 있고, 또한 이 삼자가 모두 관객과 교류할 수 있는 것이다. 나는 연기의 예술이라는 영역에서 이전 사람들이 이것을 충분히 해냈다고 믿지 않는다.

지금 서양 연극은 본래의 전통에서 벗어난 지 이미 오래며, 많은 유파가 생겼고, 많은 실험을 거쳐 매우 다양해졌다. 그러나 그 많은 공연과 실험 가운데 벌써 새로운 위기가 드러나고 있는데, 바로 희곡 작품과 연출, 연기의 연결 고리가 끊어졌다는 것이다. 부조리극 이후, 지금 서양의 연극은 이미 연출가가 군림하는 시대가 되었다. 새로운 연극의 개념과 표현 수단을 찾아내려는 그들의 시도는 큰 성과를 이루었다. 특히 폴란드의 그로토프스키(Jerzy Grotowski, 1933~1999)와 칸토르(Tadeusz Kantor, 1915~1990)는 뛰어난 연출자·연기자로, 그들의 실험은 모두 연극적인 것이었다. 다만 만약 연극의 개념과 방법의 혁신을 추구한다면서 새 세대 극작가의 작업이 뒷받침되지 않는다면, 위대한 연극 작품이 나오기 어려울 것이다. 동양 연극의 혁신에 있어서도, 희곡의 창작과 연출·연기가 새로운 인식하에 힘을 합하여 서양 연극이 현재 직면하고 있는 상황을 피해야 한다.

또 한 가지 중요한 문제는, 내가 실험을 통해 발굴해 내고자 하는 것은 연극이라는 예술 본연의 잠재력이지, 이 예술을 부정하려는 것이 아니다. 바꾸어 말하자면, 나는 반연극을 추구하는 것이 아니며, 연극 예술이 탄생할 때부터 지녀 온 생명력을 회복하는 데 온 힘을 기울인다. 그래서 나는 특별히 민간의 설창과 재담, 약장수의 입담, 농촌의 떠돌이 극단, 구이저우[貴州]의 마당놀이[地戲], 샹시[湘西] 지역의 당집굿[儺堂戲], 강서 동북 지역의 탈춤[儺舞]에서 티베트의 장극(藏劇)에 이르는 산골의 각종 탈놀이 및 중국 서남 지역 소수 민족들의 원시 종교 의식들을 중요하게 생각한다. 이들 중에서 현대 연극의 개념과 형식을 꽃피울 씨앗을 찾을 수 있기 때문이다.

인류에게 연극이 필요한 것은 인류 본연의 어떤 필요성 때문이다. 인류에게 연극이 필요하다는 것은 마치 사람들이 다른 많은 사람들과의 교류 없이는 살 수 없는 것과 마찬가지다. 나는 앞으로 연극이 더욱 번영하는 시대가 올 것이라 확신한다. 미래의 연극은 배우와 배우, 배우와 그의 역할, 역할과 배우와 관객이 서로 소통하는 살아 있는 연극, 연습실에서 일거수일투족이 완전히 다 정해지는 통조림 같은 연극과 다른 연극, 즉흥적인 표현을 고무시켜서 극장의 현장 분위기가 충만한 연극, 군중의 유희에 가까운 연극, 이 예술이 감추고 있는 모든 본질적 특성들을 충분히 발휘하는 완전한 연극이 될 것이다. 그것은 빈곤한 연극이 아니고, 언어 예술가들의 도움으로 무언극이나 뮤지컬로 변하지도 않을 것이며, 멀티미디어가 어우러진 연극이면서 언어 표현력을 극한까지 끌어올린 연극, 다른 예술 장르에 의해 대체될 수 없는 연극일 것이다. 나의 한 친구는 그것을 "절대 연극"이라고 불렀다. 만약 '절대'라는 말이 이 예술 장르가 본래 잠재적으로 지니고 있는 모든 예술적 표현력을 충분히 발휘한다는 의미라면, 나도 그 말에 동의한다.

1987년 3월 29일 베이징에서.

「버스 정류장」 공연에 대한 몇 가지 제안[2]

1. 이것은 다성부(多聲部)를 활용한 연극 실험이다. 수시로 두세 개의 성부가, 많게는 일곱 개의 성부가 동시에 이야기한다. 때로는 대화도 다성부로 진행된다. 여기서는 글로 표현되는 지면인 관계로 기본 형식이 제한되어 교향악 악보와 같은 표기 방식을 쓸 수가 없기 때문에 독자들에게 다소 불편을 주고 있다. 하지만 다행히 연극은 사람들에게 보여 주는 것이므로, 이러한 불편이 도리어 연극의 표현 수단을 더 풍부하게 하는 데 도움이 되기도 한다.

2. 교향악과 마찬가지로, 각각의 성부들이 모두 동일한 강도로 표현되지는 않는다. 주선율이 있고, 화성(和聲)과 악기

---

2) 《시월》 1983년 제3기에 발표되었던 글이다.

반주는 그 주선율의 색채를 풍부하게 하기 위한 것이다. 그렇지 않으면 떠들썩한 손님이 주인의 자리를 뺏는 꼴이 될 것이다. 연출가가 자기 식대로 다르게 처리할 수 있다.

3. 연극은 시간 예술이므로, 음악의 각종 악곡 형식을 빌려 쓸 수 있다. 이 작품에서는 부분적으로 소나타 형식이나 론도 형식을 사용하여 입센(Henrik Ibsen, 1828~1906)식 스토리 구조를 대신하였다. 연출가는 이러한 부분의 처리에 있어 마치 음악 연주를 지휘하듯 전체적인 정서의 기복에 주의를 기울여야 한다.

4. 음악을 포함하여 음향은 직접적인 해설을 위해 사용되어서는 안 된다. 이 작품의 음향은 극 중의 정감 및 의경(意境)과 결합하여, 대위적(對位的) 방식을 많이 사용하였다. 어울리는 것의 조합과 어울리지 않는 것의 대비를 통해 음향도 하나의 독립된 역할을 지니도록 하여, 극 중 인물 또는 관객과 대화를 진행하도록 하였다. 만약 따로 작곡을 할 여건이 된다면, 침묵하는 사람의 음악적 형상은 동일한 동기(動機)로부터 출발하여 여러 가지 방식의 변주가 이루어지도록 하는 것이 가장 좋다.

5. 전통 연극 예술에서 연극성과 시적인 맛은 본래 한 쌍의 쌍둥이와 같다. 이 작품에서는 현대 연극과 현대 시가 잘 결합하는 방식을 모색하고자 하였다. 배우들은 이러한 시적인 맛을 자연스러운 연기로 표현해 내기 위해 주의를 기울이기 바란다.

6. 이 작품의 연기에는 세세한 사실성까지 추구할 필요가

없다. 오히려 중국에서는 "신사(神似)"³⁾라고 불리는 예술적 추상을 더욱 중요하게 여긴다. 이는 전통 연극에서 메이란팡[梅蘭芳]의 『양귀비 술 취하다[貴妃醉酒]』나 조우신팡[周信芳]의 『서책이 성으로 달려가다[徐策逥城]』와 같이 그 정신이나 의미의 본질을 전달하는 연기로부터 가르침을 얻을 수 있다. 다만 현대인의 삶에 밀착된 살아 있는 사람이어야 하며, 과장할 필요는 없다.

7. 이 작품에서는 동(動)의 연기와 부동(不動)의 연기를 결합시키고자 하였다. 움직여야 할 때에는 신체 동작이 선명하여야 하며, 움직이지 않아야 할 때에는 거의 정지한 듯한 모습으로 단지 언어에 호소할 것이다.

8. 등장인물의 대사는 때로 그 뜻이 분명하지만, 때로는 분명치 않거나, 뜻을 제대로 전달하지 못하기도 하며, 마치 차를 기다리면서도 그 이유를 잊어버린 것처럼 그저 말하기 위해 말하기도 한다.

9. 이 작품은 소극장이나 회의장 및 노천 광장의 공연에 적합하다. 만약 액자 무대에서 공연한다면, 연기 구역을 넓히되, 그 깊이를 깊게 할 필요는 없다.

이상의 건의를 단지 참고하기 바랄 뿐이다.

1982년 11월

---

3) 외적 형상의 유사함보다는 내적인 본질, 정신을 표현하고자 하는 중국의 고유한 미학 개념이다.

「야인」공연에 대한 설명과 제안[4]

　1. 우리의 연극은 근 한 세기가 넘는 동안 잃어버렸던 많은 수단들을 다시 찾아올 필요가 있다. 이 작품은 현대 연극이 중국 전통극의 연극 개념을 다시 회복할 수 있게 하고자 한 실험이다. 말하자면 대사의 언어 예술에만 치중한 것이 아니고, 전통극에서 주장하는 노래[唱], 대사[念], 동작[做], 무술[打]과 같은 표현 수단을 충분히 운용하고자 하였다. 그래서 연출가는 개인의 조건에 따라 각 배우의 능력을 충분히 발휘할 수 있도록 하는 것이 좋다. 어떤 이는 분장을 통해, 어떤 이는 동작을 통해, 어떤 이는 소리로, 어떤 이는 무술로, 노래에 능한 사람은 노래로, 춤에 능한 사람은 춤으로 그 능력을 발

---

4)《시월》1985년 제2기에 발표되었던 글이다.

휘하게 해야 한다. 그리고 낭송을 위해 쓰인 단락도 있다. 이는 또 하나의 "총체 연극"이라 할 수 있다.

2. 연출가의 처리와 무대 미술 설계는 본래의 무대 모양이나 규모에 제한되지 말고, 극장의 전체 공간을 활용할 수 있다. 공연은 극장 안에서 진행되는 것이므로, 극장을 배우와 관객이 만나는 장소로 삼아, 관객을 가능한 한 공연에 참여시켜야 하며, 관객을 무대 끝 풋라이트 바깥에 격리시켜 놓아서는 안 된다.

3. 이 작품은 공연의 극장성을 강조한다. 극장 안에 사실적인 환경을 조성하도록 하지 않을 뿐 아니라, 오히려 관객에게 지금 연극을 공연하고 있다는 사실을 깨우쳐 주고자 한다. 또한 관객과의 만남과 교류를 통해, 극장 안에 친근하고 열정적인 분위기를 조성하여, 관객이 한 즐거운 공연에 참여해서 명절 때처럼 심신이 즐겁도록 하려는 것이다. 물론 조용한 장면도 있어서, 관객들로 하여금 느끼고 사색할 수 있는 시간을 주기도 한다.

4. 작품 속의 시간과 장소가 자주 변하므로, 사실적인 배경을 꾸밀 필요도 없고, 그럴 수도 없다. 장면의 전환은 조명과 음향을 통해 관객의 상상 속에서 바뀌도록 할 뿐이고, 실제로는 배우의 연기가 훨씬 중요하다. 얘기가 어디까지 가든, 공연이 어디까지 가든, 주로 연기를 통해 환경의 진실성을 조성하여 관객들이 이를 받아들이도록 한다.

5. 이 작품은 몇 개의 서로 다른 주제가 교차되어서 하나의 복조(複調)를 이루어, 잘 어우러지기도 하고, 잘 어울리지 않

은 채 함께 중첩되어 모종의 대위(對位)를 형성하기도 한다. 때로는 대사끼리 다성부(多聲部)를 이룰 뿐 아니라, 음악이나 음향과 다성부를 이루기도 하며, 심지어 대사가 화면과 대위를 형성하기도 한다. 교향악이 추구하는 것이 총체적인 음악이듯이, 이 연극도 총체적인 공연 효과를 추구하고자 하며, 극 중에 표현하고자 하는 사상 역시 복조의 방식으로, 다성의 대비와 반복적인 재현을 통해 구현된다.

6. 본 작품에서는 언어와 음향의 다성부를 실험하는 동시에, 선명한 시각적 효과를 강조한다. 춤이나 영상 그리고 회상 장면의 중복 등을 통해 다층적 장면을 구성한다. 연출과 무대 미술은 이러한 장면을 설계할 때, 시각 형상의 처리에 대해 한대(漢代)의 조각된 벽돌이나 판화의 구도를 참고해도 좋다. 다만 전자는 평면적인 데 반해, 연극은 전체 극장 공간 내에서 실현시켜야 한다는 점이 다르다.

7. 주제의 복조(複調)나 다성 기교의 운용은 자연히 다층적인 표현을 요구한다. 예를 들어, 배우가 연극을 시작하기에 앞서 관객과 교통하는 것이 한 층위라면, 연극이 시작된 후, 배우의 신분으로 관객에게 낭송하는 것이 또 하나의 층위이다. 등장인물의 생활도 극 중의 시간과 장소에 따라 구분된다. 숲을 지키는 사람의 죽음이나 박사가 모욕을 당하는 것과 같은 배경 속의 영상도 있고, 원시인의 춤, 벌목꾼의 춤, 그리고 야인의 춤과 같이 역사를 개괄하는 경우도 있다.

8. 극 중의 민속에 관한 소재들은 모두 양쯔강 유역의 농촌과 산골에서 채집한 것이다. 따라서 인물의 모습이나 복식 그

리고 음악 등은 모두 중국 남방의 특징을 드러내도록 해야 하며, 중국 북방 농촌과 산골의 민속이나 풍정과는 큰 차이가 있다. 공연할 때, 이러한 비문인문화(非文人文化)에 불필요한 가공을 하여 민속의 본래 모습을 잃지 않도록 해야 한다.

9. 「열 자매 시집보내기」의 음악은 호북성 신농가(神農架) 지역의 혼인 노래를 참고하고, 「김매기 농악」과 「상량하는 노래[上樑號子]」는 신농가 지역과 징저우[荊州] 지역의 유사한 민요들을 참고할 수 있다. 가뭄의 신 한발(旱魃)을 쫓는 춤은 강서성 동북 지역의 나무(儺舞)의 동작과 도교 정일파(正一派)의 귀신을 쫓는 종교 의식을 참고할 수 있다. 나무로 된 탈의 제작은 구이저우 박물관에 소장되어 있는 황핑현[黃平縣]의 굿에서 쓰는 탈을 참고하고, 전통극의 정형화된 인물 화장[臉譜]처럼 만들어서는 안 된다. 원시인의 형상은 저장성[浙江省] 박물관에 전시되어 있는 허무두[河姆渡] 사람의 형상을 참고할 수 있다. 야인의 형상은 중국 야인 조사 연구회에서 발간한 책자에 담긴, 목격자의 설명에 따라 그린 복원도를 근거로 하면 된다. 극 중에 사용한 한족의 서사시인 「흑암전」은 신농가 삼림 지구 문화관의 후충쥔[胡崇峻]이 발견한 것이며, 전편이 정리되어 출판이 진행되고 있다. 가뭄 귀신 한발도 무대에 등장하게 한다면, 두 자쯤 크기로 웃통을 벗고, 머리 위에 눈이 달린 줄 인형을 만들어 사용한다.

이러한 건의는 단지 참고하기 바랄 뿐이다.

1984년 12월 1일

작품 해설

중국 현대 실험극의 장을 연 가오싱젠[1]

가오싱젠의 생애와 작품

2000년 중국인으로는 최초로 노벨 문학상을 수상한 가오싱젠(高行健, 1940~)은 소설가, 평론가, 화가 등 다양한 문학 예술 영역에서 활동했지만, 역시 극작가로서 가장 널리 알려져 있다. 그는 1981년부터 1988년에 프랑스로 망명하기 전까지, 베이징인민예술극원(이후 '인예'로 줄임) 소속의 극작가로 활동하면서, 1982년에 실험작인 「비상경보[絶對信號]」를 소극장 공연에 올려 백 회의 공연 기록을 세웠다.

항일 전쟁과 사회주의 혁명이 격렬하게 진행되던 시기에 어린 시절을 보냈고, 신중국이 탄생하여 반우투쟁(反右鬪爭), 대

---

1) 옮긴이가《문학사상》2000년 가을호에 게재하였던 글을 수정, 보충한 것이다.

약진운동(大躍進運動), 백화제방(百花齊放)·백가쟁명(百家爭鳴)의 쌍백정책(雙百政策), 그리고 문화대혁명까지의 파란이 계속되는 동안, 프랑스어를 전공한 민감한 청년은 이미 중년이 되어 있었다. 문화대혁명이 끝난 후 불혹을 넘긴 그는 비로소 극작가로서 이름을 알리기 시작한 것이다.

그 후 「버스정류장[車站]」, 「현대의 절자희[現代折子戲]」, 「독백(獨白)」, 「야인(野人)」, 「피안(彼岸)」, 「명성(冥城)」 등의 희곡을 발표하였다. 「야인」은 1985년 인예에 의해 공연되었고, 수차에 걸쳐 외국 공연 길에 올랐다. 이 시기 그의 극작은 중국의 현대극이 리얼리즘 일색이었던 데서 벗어나 모더니즘을 수용하는 과정이었다고 평가된다. 그러나 그의 독자성은 리얼리즘이든 모더니즘이든 간에 서구 양식의 아류에 머무르는 데 그치지 않고, 중국 민간에서 전승되는 전통 연희의 정신과 미학으로부터 현대 중국 연극을 창조하려 한 데 있다.

「비상경보」와 「야인」 공연 후에도 다소의 비판이 없었던 것은 아니지만, 1986년에 발표된 「피안」은 급기야 "사회주의를 오염시킨다."는 이유로 결국 공연 금지되었다. 개혁과 개방을 부르짖던 시기였지만, 문학과 예술에 대한 정치적 탄압은 계속되었음을 알 수 있다.

1988년 프랑스로 망명한 후, 그는 중국이 극단적인 전제 정권을 유지하는 한 조국에 돌아가지 않겠다고 선언했다. 1989년의 톈안먼 사건 후에는 공산당에서 탈퇴하고, 석 달 후에 희곡 「도망(逃亡)」을 썼다. 이 작품이 그가 조국인 중국과 결별을 선언한 작품이라면, 1982년에 착수하여 칠 년이 지난 망명 후에야 비로소 완성한 소설 「영혼의 산[靈山]」은 그의 '향수(鄕愁)'를 종결시킨 작품이다. 「영혼의 산」에 대한 높은 평가는 그가 모든 외적, 내적 압박에 반항하는 자세로 이 세계와 자아를 관조하면서 개인의 자유를 탐구해 나갔던 보편성뿐 아니라, 유년기의 추억과 자신을 키워 낸 땅에 대한 기억을 체화된 중국적 미감으로 표현해 낸 독자성에서 비롯된 듯하다. 1990년대에도 소설 「나 혼자만의 성경[一個人的聖經]」과 희곡 「생사계(生死界)」, 「야유신(夜遊神)」, 「주말사중주(週末四重奏)」 등을 썼다.

대부분 중국어로 작품을 창작하지만, 최근에는 프랑스어로 작품을 쓰기도 한다. 세계 언어인 중국어에 대한 확신과 함께, 다른 언어를 실험하면서 얻을 수 있는 언어적 체험에도 열린 시각을 갖고 있는 것 같다.

가오싱젠의 희곡

그의 희곡 창작은 크게 두 시기로 나뉜다. 베이징 인예 시기와 프랑스 망명 시기이다. 인예 시기의 작품으로는 「비상경보」와 「버스 정류장」, 「현대의 절자희」(「모방자(模倣者)」, 「비를 피해[避雨]」, 「행로난(行路難)」, 「커바라 산 입구[喀巴拉山口]」 등 네 편의 단막극), 「독백」, 「야인」, 「피안」, 「명성」 등이 있다.

그중 「비상경보」는 가오싱젠이 인예 소속 극작가로서 공연한 데뷔작이다. 초고는 1981년에 쓰였지만, 1982년 11월에 린자오화[林兆華] 연출로 인예 소극장 무대에 올려졌다. 리얼리즘 전통의 대명사인 인예에서 올린 첫 실험극이었던 만큼 찬반의 비평이 적지 않았으나, 당시 인예의 개혁을 희망하던 원장 조우(曹禺)가 이들의 손을 들어주었다. 연극적 효과와는 상관없이 중간에 대극장 공연으로 바뀌기도 했지만, 대극장 공연에서도 만원 행진을 계속하여 백 회 공연을 넘겼다. 소극장 연극의 불모지였던 1980년대 초 중국에서 이 공연은 이후 인예가 대극장과 소극장을 병행 운영하여 인예의 연극적 성격을 다양화하는 계기가 되었다.

「비상경보」(1982)는 매우 깔끔한 희곡이다. 산간 지역을 운행하는 열차의 차장이 타는 기관실에서 벌어지는 이야기인데, 열차 강도의 유혹에 넘어간 실업자 헤이즈[黑子]와 그의 친구인 차장 조수 샤오하오[小號], 그리고 벌을 치러 다니는 여자 친구 미펑[蜜蜂] 사이의 사랑을 둘러싼 갈등과, 강도와 헤이즈, 차장 사이의 정의와 범죄의 갈등이 얽히면서 심리극으로 진행된다. 가오싱젠의 첫 번째 연극적 실험은 리얼리즘 일색의 극 형식을 깨는 데서부터 시작되었다. 거의 빈 무대에 단순한 장치를 이용하여 상징적으로 열차 속의 기관실을 구성하고, 효과 음향과 동작만으로 열차의 운행을 표현하는 등, 사실적 무대 공간이 상징적 공간으로 전환되면서 여백이 크게 확대되어, 교조적인 사회주의적 리얼리즘을 탈피하려는 실험이었다.

「버스 정류장」(1982)은 버스를 기다리던 여러 부류의 승객들이 정차하지 않고 가버리는 버스에 대해 성토하면서, 자신들의 삶의 모습을 펼쳐 보이는 희극이다. 「고도를 기다리며」를 연상시키지만, 그보다는 생활 서정극에 가깝다. 특히 이 작품은 그 스스로 다성부(多聲部)를 활용한 연극 실험이라고 천명한 바 있듯이, 수시로 두세 개의 성부가, 많게는 일곱 개 성부가 동시에 이야기하는데, 주선율과 부선율들이 강약의 조화를 이루며 교향악처럼 펼쳐진다. 실제로 극의 전개도 음악에서의 소나타 형식이나 론도 형식을 활용하여, 단선적 전개를 극복하려 하였다. 무대 처리도 중국 전통극의 미학을 살려 빈 무대에 간결한 배경을 사용하였고, 배우의 극으로 만들었다.

「현대의 절자희」(1983)는 「모방자」, 「비를 피해」, 「행로난」, 「커바라산 입구」 네 편의 단막극으로 구성되어 있는데, 중국 고전극 공연의 한 방식을 채택한 것이다. 한 작품을 처음부터 끝까지 공연하지 않고, 각 작품에서 정채로운 부분, 그래서 뭔가 보여 줄 것이 있는 부분[戱中最有戱之處]을 따서 독립적으로 공연하는 '절자희(折子戱)'라는 공연 방식을 표방하면서, 독립적이고 완결된 '표현'을 추구하였다. 당시 중국 현대극의 전통이 사건이나 주제에 치중하여 '재현'이 주가 되고, '표현'이 부수적인 것으로 인식되던 것에 대한 반성으로부터, 중국 전통 연극 미학의 핵심인 '표현'의 의미를 강조하고자 하였다.

「야인」(1984)으로 가오싱젠은 중국 현대극 역사에 새로운 획을 그었다. 온몸이 털북숭이인 원시인(야인)이 나타났다고 보고된 한 삼림 지구에 여러 부류의 사람들이 몰려온다. 자신의 일에 지나치게 매달린 나머지 아내와 갈등을 겪고 있는 생태학자도 그중 하나이다. 이들은 순박한 그 지역 주민들의 야인에 대한 믿음을 곡해하므로 갈등을 야기한다. 「야인」은 자연이자 인간 본래의 모습이기도 하다. 이 작품은 원시 또는 본연으로부터 멀어져 가는 현대인의 삶이 본연으로 돌아가야 한다는 사실을 깨우쳐 주며, 그것이 바로 우리들의 순수한 믿음 속에 존재하는 것임을 알려 준다. 그리고 그 믿음은 흔히 민간 전승을 통해 형성된다. 중국 사회의 경직성과 그릇된 안목에 대한 비판과 함께, 산골 아이 세모(細毛)와 야인의 순수한 우정, 벌목을 막아 자연을 보호하려는 생태학자의 노력들을 통해 도시와 삼림 지구, 현대와 원시, 인간과 자연 사이의 부조화를 극복하고 화합을 추구하는 메시지가 담겨 있다.

제1장은 「김매기 농악」, 홍수와 가뭄'으로 농경문화 속에 일구어진 전통인 농악, 요란한 북소리 징소리 그리고 그 주술성으로 홍수와 가뭄 등 그들 삶의 난관들을 소화해 간다. 제2장은 「흑암전(黑暗傳)」과 야인으로, 민간 서사시인 「흑암전」의 전승 속에 야인의 존재가 살아난다. 이러한 전승이 곧 야인의 생명이기도 하다. 제3장은 「열 자매 시집 보내기」와 내일'이다. 「열 자매 시집 보내기」 역시 혼례 때 불리는 전승 민가이다. 결혼과 생산, 풍요는 우리 삶의 변함없는 기원이자 내일의 약속이다. 각 장에서 민간 전통의 유산들을 적절히 구성함으로써 전통적이면서도 현대적인 감각을 잘 펼쳐 낸다.

「야인」은 상징적인 무대를 통해 시공의 전환이 자유로워지고, '표현'이 극대화된 총체극이다. 특히 징과 북을 사용한 농악 연주와 탈놀이, 오랫동안 그 존재 가치가 부정되어 온 늙은 무당의 무가나 설창의 삽입은 그가 1982년 양쯔강 연안의 민간 연예를 조사하면서 재발견한 전통의 본원적 정신과 형식들을 전통과 현대의 만남으로 새롭게 수용한 결과물이다. 「야인」은 곧 프랑스, 독일 등지에서 공연되었고, 호평을 받았으나, 그 후 국내 연극계에서 그의 입지는 점차 좁아졌고, 결국 중국을 떠나야만 했다.

「독백」(1985)은 그의 연극에 대한 인식의 변화가 잘 나타나는 모노드라마다. 제4의 벽으로 대표되는 서구 근대 연극 개념으로부터 벗어나 배우 자신과 역할과 극 중 인물의 관계를 모색하고, 표현의 의미를 탐색하고 있다.

프랑스 망명 후에 창작한 작품으로는 「도망」(1989), 「생사계(生死界)」(1991), 「야유신(夜遊神)」(1993), 「대화와 반문[對話與反詰]」(1994), 「산해경전(山海經傳)」(1994), 「주말사중주(週末四重奏)」(1995), 「팔월의 눈[八月雪]」(1997) 등이 있는데, 이들 후기 작품은 중국에서는 출판되지 않았으나, 오히려 유럽과 대만에서 꾸준히 출판, 또는 공연되었다. 「도망」은 직접적으로 '톈안먼 사건'을 배경으로 하여 쓰였다. 소요 사태에 참가했거나 연루되어 도망치던 세 사람이 한 창고에 숨어들면서 펼쳐지는 갈등과 고뇌를 담았다. 작품을 통한 그의 망명 선언인 셈이다. 「야유신」은 한 몽유병자의 의식 속에서 현대인의 욕망과 양심, 진실과 허상, 의미와 언어 표현 등의 문제를 다루고 있는 매우 현대적이면서 무게 있는 작품이다. 현실과 몽유의 이중 구조를 통해 인간의 내면, 자신의 내면을 철저하게 파헤쳐 보려는 집념이 보인다. 아방가르드적인 서구 영화의 음산한 분위기를 떠오르게 하는 작품이지만, 그 저변에는 극작가의 인간 실존에 대한 탐구가 진지하게 펼쳐진다. 「대화와 반문」은 프랑스에서 먼저 발표되었고, 2001년 아비뇽 연극제에서는 작가가 직접 연출하여 무대에 올려져 호평을 받았다. 「팔월의 눈」은 7세기 중엽부터 당나라 말기인 9세기 말까지 약 250년에 걸친 시기 오대조 홍인(弘忍)대사가 육대조 혜능(慧能)에게 법통을 전한 이야기를 다루고 있다. 선(禪)의 역사와 전설을 통해 현대인에게 눈처럼 신선한 무상무념의 선의 정신세계를 제시하고 있다. 그러나 마치 한여름 무더위 속에 순식간에 녹아 버릴, 또는 아예 그런 일이 가능할까 싶은 8월의 눈으로.

가오싱젠의 연극관

인예 시기의 가오싱젠에 대한 중국 연극사상의 평가는 주로 리얼리즘의 틀을 깨고 모더니즘을 실험한 데에 큰 의의를 둔다. 그러나 가오싱젠 자신은 현대극에서 배제되어 있던 중국적 연극 전통에 기초한 새로운 현대극의 창출에 더 큰 의미를 둔다. 1984년 그가 양쯔 강 유역의 민간 연극을 조사하면서 고대로부터 전승되는 구나축역(驅儺逐疫)의 제의와 연희들을 만난 경험은 그에게 새로운 인식의 지평을 열어 주었다. 현대극이 관객과의 사이에 쌓아 놓은 벽을 허물지 않고는 영화나 텔레비전 같은 다른 매체와 차별화될 수 없으며, 연극을 대사 중심의 '화극(話劇)'이라는 한계에 묶어 놓아서는 안 된다는 깨달음이었다. 중국 고대 연극의 전통인 표현 양식의 다

양성, 즉 제의적 탈놀이, 민간의 설창, 만담과 겨루기, 인형극, 그림자 인형극, 마술과 잡기, 이 모든 것이 연극을 구성할 수 있다는 생각은 그의 무대를 풍부하고 자유롭게 만들었다. 연극적인 것보다 저급하게 인식되어 온 서술 역시 결코 비연극적인 것이 아니며, 음악성을 갖춘 서술은 연극보다 더욱 친근하게 관객에게 다가갈 수 있다는 신념과, 이를 통한 자유로운 시공 처리도 그의 「비상경보」와 「버스 정류장」에 잘 활용되고 있다. 중국 연극 전통에 대한 자각은 「현대의 절자희」에서부터 구체화되어, 「야인」에 이르면 현대주의의 모색과 중국적 연극 전통의 탐구로부터 도출된 그의 연극관이 본격적으로 표출된다. 그것은 틀 지워지지 않는 표현의 '자유'와 자신의 깊은 무의식에서부터 깨어난 중국적 연극 전통에 대한 인식에 기초한 것이었다.

「피안」의 공연 금지 조치 이후, 가오싱젠은 중국 내에서 자신의 문학과 사상이 용납될 수 없음을 알고, 망명을 선택했다. 스스로 중국의 독자와 관객을 모두 잃었다고 참담해하던 그는 그러나 독자와 관객을 모두 잃은 후에 자신이 글을 쓰는 진정한 이유를 발견하는 것 같다. 프랑스에 정착한 후 그는 주로 화가로 활동하여 생계를 꾸리면서도, 여전히 글쓰기에 가장 많은 시간을 보낸다고 한다. 그 스스로 "쓰지 않고는 배기지 못하는 일종의 습관 같은 것"이라고 말하곤 한다. 1980년대 인예 시기의 연극에서 그가 외적 형식의 실험이나 전통 무대 미학의 추구에 의미를 두었고, 특히 민간 연희의 생명력에 크게 영감을 받았다면, 1990년대 망명 후의 작품에서는 인간

의 내면, 자아의 탐구에 더욱 천착한다. 「야인」에 이르기까지
가 서구 연극 개념으로부터 자유로운 연극 세계를 확립하고
중국적 전통을 탐색하는 여정이었다면, 후기 창작에서는 더욱
자유롭게 인간의 내면 탐구에 몰두하면서, 중국적 연극 전통
의 본질을 구현할 수 있는 현대 연극을 모색하고 있다. 중국에
서는 환경의 제약으로 마음껏 모색할 수 없었던 문학에 대한
자신의 추구를 본격화하고 있는 듯하다.

오수경

옮긴이의 말

가오싱젠의 작품을 만난 것은 수년 전의 일이다. 대학원 수업에서 그의 작품과 평론을 다루면서, 그의 희곡이 명실상부한 현대 의식을 담고 있는 작품이란 점 외에도 다른 중국 극작가의 작품과는 좀 다른 범상치 않은 구석이 있다고 생각했었다. 과연 그가 2000년 노벨 문학상을 수상했다. 그의 노벨 문학상 수상에 대하여는 여러 가지 견해들이 있었다. 중국에서는 특히 정치적인 이유로 그의 수상을 그리 달가워하지 않았고, 우리도 예상 외라는 반응 정도였다. 노벨상 수상이 그의 작품에 새로운 가치를 부여하는 것은 아니지만, 그의 작품이 다른 중국 작품들과 다른 구석이란 바로 보편성이었음을 확인하게 해 주는 잣대가 되긴 한다.

그간 몇 차례 한중 연극 교류의 장에서 경험한 바지만, 우리는 그들의 작품에서 상당한 거리를 느낀다. 서구는 물론 제3세계 지역의 작품보다도 더 먼 거리를 느낀다. 희곡도 예외가 아니다. 무대 위에 형상화하려니 더욱 멀게 느껴진다. 그러나 그건 우리의 문제만은 아니었다. 중국 현대사의 고난을 직접 경험한 많은 중국 작가들이 그들의 고난을 극복하고 청산하려는 몸부림들을 중국적 정서로 절실하게 표현해 냈지만, 대부분의 작품들은 그들의 역사적 특수성에 함몰되어 있어서 반성적 거리 두기에 취약하였고, 그 역사적 문화적 배경을 충분히 이해하지 못하는 사람에게는 어떤 벽이 존재하는 듯 심리적 거리를 좁히기 어려웠다. 반면 가오싱젠의 작품은 중국적 상황의 경험을 인류 보편의 반응으로 소화하면서, 개별 인간의 내면으로 침잠하였고, 그 깊은 곳에서 중국의 전통, 인류 보편의 원초적 문화 경험과 만났다. 아직 중국에서는 사회주의 이념에 비추어 볼 때 타파의 대상이었던 미신적인 것(무당, 탈, 제사)들과 만나고, 그 원초적 생명력을 중국적 전통으로 천명하는 용기를 보여 주었다. 이것은 자매편이라 할 수 있는 그의 소설 「영혼의 산」과 희곡 「야인」에서 잘 드러난다. 그의 소위 「현대 연극의 추구」는 우리에게도 절실한 과제이다. 서구 중심주의적 시각 또는 중화주의적 시각, 심지어는 민족주의적 시각, 그 어느 것으로부터도 자유로운 연극을 창작하기 위한 모색이다.

이미 그의 소설 「영혼의 산」과 「나 혼자만의 성경」이 번역되어 출간되었다. 이제 그의 초기 희곡 세 편이 소개될 기회를 갖게 되어 매우 기쁘다. 1985년 중국 베이징 군중출판사에서 출판된 『가오싱젠희극집[高行健戲劇集]』을 저본으로 하여, 「버스 정류장」(1982), 「야인」(1984), 그리고 모노드라마 「독백」(1984)의 세 작품을 선택하여 번역했다. 그의 새로운 동양 현대 연극에 대한 추구가 어떻게 성숙해 가는지 잘 보여 주는 작품들이다. 2000년에 이미 번역이 완료되어 출판을 기다려 왔던 터라 다소 늦은 감이 있지만, 중국 현대 연극에 대한 우리의 목마름을 해갈해 줄 한 모금의 물이었으면 한다. 그간 프랑스 측의 협조를 얻어 내어 주신 김정옥 문예진흥원장님과, 가오싱젠 희곡선 출판에 선뜻 응해 주신 민음사 박맹호 사장께, 그리고 편집과 교정에 수고해 주신 편집부 여러분께 감사를 전한다.

연초에 가오싱젠 선생으로부터 자신의 희곡이 우리나라에서 번역되어 나오는 것을 기쁘게 생각한다는 편지를 받았다. 그리고 그의 뜻에 따라 옮긴이, 그의 연극 평론 한 편과 작품 공연을 위한 제안 두 편을 부록으로 실었다. 이 조그만 작업을 통해 앞으로 중국 연극을 국내에 소개하고 공유하게 하는 큰 흐름에 기여할 수 있기를 바란다.

2002년 12월
나뭇골 서재에서
오수경

작가 연보

1940년 강서성 간저우[贛州]에서 출생하였으며, 본적은 강소
성 타이저우[泰州].

1962년 베이징외국어대학 프랑스어과를 졸업했다.

1970년 농촌에 하방되어 노동을 통한 사상 개조[勞改]를 받
았다.

1980년 중편 소설 「추운 밤의 별」 등 소설과 산문, 평론을 발
표하기 시작했다.

1981년 광저우[廣州] 화성출판사에서 첫 평론집 『현대소설기
교초탐(現代小說技巧初探)』을 출판했다.

1981년 북경인민예술극원(인예) 소속 극작가로, 본격적인 희곡
창작을 시작했다.

1982년 희곡 「비상경보[絶對信號]」를 발표했다.

인예에서 린자오화[林兆華] 연출로 초연, 100회 이상 공연되었다.

1983년 논문 「연극관을 논함」을 발표했다.

창작 노트 「다성부 연극 실험에 대해[談多聲部戲劇實驗]」를 발표했다.

「현대연극의 수단에 대해[談現代戲劇手段]」, 「극장성에 대해[談劇場性]」, 「연극성에 대해[談戲劇性]」, 「동작과 과정[動作與過程]」, 「시간과 공간[時間與空間]」, 「가정성에 대해[談假定性]」 등 일련의 연극론을 발표했다.

희곡 「버스정류장[車站]」을 발표했다.

"정신 오염 청결 운동"에서 비판당했다.

작품을 발표할 수 없게 된 1년여 동안 양쯔강 유역 15,000km를 여행했다.

1984년 희곡 「현대절자희(現代折子戲)」를 발표했다.

시월문예출판사에서 중편 소설집 『붉은 부리라 불리는 비둘기[有隻 子叫紅唇兒]』를 출간했다.

창작 노트 「나의 연극관(我的戲劇觀)」을 발표했다.

1985년 희곡 「독백(獨白)」(모노드라마), 희곡 「야인(野人)」을 발표했다.

린자오화 연출로 인예에서 초연되었다.

시나리오 「화두(花豆)」를 발표했다.

인예에서 「인광중, 가오싱젠 회화조각전시회[尹光中, 高行健繪 陶塑展]」를 개최했다.

군중출판사에서 『가오싱젠희곡집[高行健戲劇集]』을 출간했다.

중국희극출판사에서 『"비상경보"의 예술적 추구』를 출간했다.

독일, 프랑스, 영국, 덴마크 등의 초청으로 작품 낭송회, 창작 토론회 및 전시회를 개최했다.

1986년 희곡 「피안(彼岸)」을 발표했다.

논문 「어떤 연극이어야 하나[要甚靚樣的戲劇]」 프랑스어 번역(《L'Imaginaire》, 파리)와 논문 「전통극은 개혁하지 않아야 하나 개혁해야 하나에 대해[談戲曲不要改革與要改革]」를 발표했다.

1987년 연극 창작 경험담 「경화야담(京華夜談)」을 발표했다.

스웨덴 황실극장(Kungliga Dramatiska Teatern)에서 『현대절자희』 중 제1절 『비를 피하여(避雨)』를 초연했다. 영국 리츠(Litz) 연극 작업실에서 「버스정류장」을 공연했다.

독일 모라트 예술 연구소(Morat Institute für Kunst und Kunstwissenschaft) 초청으로 독일서 창작에 종사하다가 파리에 정착했다.

1988년 중국희극출판사에서 논문집 『현대 연극에의 추구[對一種現代戲劇的追求]』을 출판했다.

타이완 연합문학출판사에서 단편 소설집 『할아버지께 낚싯대를[給我老爺買魚竿]』을 출판했다.

싱가폴 연극 캠프를 방문해, 실험극에 대해 강의했다.

1989년   미국 아시아문화재단 초청으로 미국을 방문했다.

미국 뉴욕 구겐하임 박물관 초청, 무용극 「성성만 변주
(聲聲慢變奏)」를 공연했다.

톈안먼 사건 유혈 진압에 항의, 중국공산당 탈퇴를 선
언했다.

중국 중국희극출판사에서 쉬궈오룽[許國榮] 편 『가오
싱젠연극연구[高行健戱劇硏究]』를 출판했다.

1990년   희곡 「도망(逃亡)」을 발표했다.

장편소설 「영혼의 산[靈山]」 일부를 타이베이에서 발표
했다.

1991년   희곡 「생사계(生死界)」(프랑스 문화부 지원창작)를 발표
했다.

스웨덴 황실 극장에서 「도망」과 희곡 「독백(獨白)」의 낭
송회 및 보고회를 열고, 전제정권하의 중국에 돌아가
지 않는다는 성명을 발표했다.

독일 D.A.A.D. 주최 중국과 독일 예술인 교류 활동으
로 「생사계」 낭송회를 개최했다.

1992년   프랑스 외국인극작가의 집 초청으로, 희곡 「대화와 반
문[對話與反詰]」을 창작했다.

프랑스에서 문예기사 훈장을 수여했다.

『도망』 독일어판을 출판했다.

1994년 홍콩서 희곡 『산해경전(山海經傳)』을 출판했다.

프랑스어 공동체 1994년 도서상을 수상했다.

프랑스 국립도서출판센터에서 신작 『주말사중주(週末

四重奏)』의 창작 지원을 받았다.

1995년   타이완에서 『가오싱젠희곡 6종』을 출판했다.(「피안」,
         「명성」, 「산해경전」, 「도망」, 「생사계」, 「주말오중주」 수록).

1997년   희곡 「팔월의 눈[八月雪]」을 탈고했다.

1999년   프랑스 문화부로부터 『또 다른 미학[一種美學]』 저술
         지원을 받았다.

2000년   스웨덴 학술원으로부터 소설 「영혼의 산」으로 노벨문
         학상을 수상했다.
         프랑스 국가영예기사훈장 수여.

2001년   타이완 연경출판사에서 『팔월의 눈』, 『주말 사중주』,
         『아무 주장이 없음』, 『또 다른 미학』을 출판했다.
         프랑스 아비뇽연극제에서 「대화와 반문」과 「생사계」가
         동시에 공연되었다.

2002년   현재 프랑스 파리에 거주 중이다.
         그 외에도 많은 소설, 수필들이 있으나 생략하였고, 각
         국에서 그의 소설과 희곡이 번역 및 공연되었으며, 유
         럽에서는 공연보다 더 자주 그의 회화전이 열리고 있다.

세계문학전집 71

버스 정류장

1판 1쇄 펴냄 2002년 2월 16일
1판 35쇄 펴냄 2022년 12월 26일

지은이 가오싱젠
옮긴이 오수경
발행인 박근섭, 박상준
펴낸곳 (주)민음사

출판등록 1966. 5. 19. (제 16-490호)
서울특별시 강남구 도산대로1길 62(신사동) 강남출판문화센터 5층 (우편번호 06027)
대표전화 02-515-2000 팩시밀리 02-515-2007
www.minumsa.com

한국어 판 © (주)민음사, 2002. Printed in Seoul, Korea

ISBN 978-89-374-6071-5 04800
ISBN 978-89-374-6000-5 (세트)

세계문학전집 목록

1·2 변신 이야기 오비디우스 · 이윤기 옮김 서울대 권장도서 100선

3 햄릿 셰익스피어 · 최종철 옮김 서울대 권장도서 100선 | 미국대학위원회 선정 SAT 추천도서

4 변신 · 시골의사 카프카 · 전영애 옮김 서울대 권장도서 100선

5 동물농장 오웰 · 도정일 옮김 미국대학위원회 선정 SAT 추천도서 | 《타임》 선정 현대 100대 영문소설

6 허클베리 핀의 모험 트웨인 · 김욱동 옮김 《뉴스위크》 선정 100대 명저

7 암흑의 핵심 콘래드 · 이상옥 옮김 미국대학위원회 선정 SAT 추천도서 | 《뉴스위크》 선정 10대 명저

8 토니오 크뢰거 · 트리스탄 · 베니스에서의 죽음 토마스 만 · 안삼환 외 옮김 노벨 문학상 수상 작가

9 문학이란 무엇인가 사르트르 · 정명환 옮김

10 한국단편문학선 1 김동인 외 · 이남호 엮음 국립중앙도서관 선정 청소년 권장도서

11·12 인간의 굴레에서 서머싯 몸 · 송무 옮김

13 이반 데니소비치, 수용소의 하루 솔제니친 · 이영의 옮김 노벨 문학상 수상 작가

14 너새니얼 호손 단편선 호손 · 천승걸 옮김

15 나의 미카엘 오즈 · 최창모 옮김

16·17 중국신화전설 위앤커 · 전인초, 김선자 옮김

18 고리오 영감 발자크 · 박영근 옮김

19 파리대왕 골딩 · 유종호 옮김 노벨 문학상 수상 작가 | 《타임》 선정 현대 100대 영문소설

20 한국단편문학선 2 김동리 외 · 이남호 엮음

21·22 파우스트 괴테 · 정서웅 옮김 서울대 권장도서 100선 | 미국대학위원회 선정 SAT 추천도서

23·24 빌헬름 마이스터의 수업시대 괴테 · 안삼환 옮김

25 젊은 베르테르의 슬픔 괴테 · 박찬기 옮김 논술 및 수능에 출제된 책(1998~2005)

26 이피게니에 · 스텔라 괴테 · 박찬기 외 옮김

27 다섯째 아이 레싱 · 정덕애 옮김 노벨 문학상 수상 작가

28 삶의 한가운데 린저 · 박찬일 옮김

29 농담 쿤데라 · 방미경 옮김

30 야성의 부름 런던 · 권택영 옮김

31 아메리칸 제임스 · 최경도 옮김

32·33 양철북 그라스 · 장희창 옮김 노벨 문학상 수상 작가 | 서울대 권장도서 100선

34·35 백년의 고독 마르케스 · 조구호 옮김 노벨 문학상 수상 작가 | 서울대 권장도서 100선

36 마담 보바리 플로베르 · 김화영 옮김 서울대 권장도서 100선

37 거미여인의 키스 푸익 · 송병선 옮김

38 달과 6펜스 서머싯 몸 · 송무 옮김

39 폴란드의 풍차 지오노 · 박인철 옮김

40·41 독일어 시간 렌츠 · 정서웅 옮김

42 말테의 수기 릴케 · 문현미 옮김

43 고도를 기다리며 베케트 · 오증자 옮김 노벨 문학상 수상 작가 | 서울대 권장도서 100선

44 데미안 헤세 · 전영애 옮김 노벨 문학상 수상 작가

45 젊은 예술가의 초상 조이스·이상옥 옮김 서울대 권장도서 100선

46 카탈로니아 찬가 오웰·정영목 옮김

47 호밀밭의 파수꾼 샐린저·공경희 옮김 《타임》 선정 현대 100대 영문소설 | 미국대학위원회 선정 SAT 추천도서 | 《뉴스위크》 선정 100대 명저 | BBC 선정 꼭 읽어야 할 책

48·49 파르마의 수도원 스탕달·원윤수, 임미경 옮김

50 수레바퀴 아래서 헤세·김이섭 옮김 노벨 문학상 수상 작가 | 국립중앙도서관 선정 청소년 권장도서

51·52 내 이름은 빨강 파묵·이난아 옮김 노벨 문학상 수상 작가

53 오셀로 셰익스피어·최종철 옮김 서울대 권장도서 100선

54 조서 르 클레지오·김윤진 옮김 노벨 문학상 수상 작가

55 모래의 여자 아베 코보·김난주 옮김

56·57 부덴브로크 가의 사람들 토마스 만·홍성광 옮김 노벨 문학상 수상 작가

58 싯다르타 헤세·박병덕 옮김 노벨 문학상 수상 작가

59·60 아들과 연인 로렌스·정상준 옮김 《뉴스위크》 선정 100대 명저

61 설국 가와바타 야스나리·유숙자 옮김 노벨 문학상 수상 작가 | 서울대 권장도서 100선

62 벨킨 이야기·스페이드 여왕 푸슈킨·최선 옮김

63·64 넙치 그라스·김재혁 옮김 노벨 문학상 수상 작가

65 소망 없는 불행 한트케·윤용호 옮김 노벨 문학상 수상 작가

66 나르치스와 골드문트 헤세·임홍배 옮김 노벨 문학상 수상 작가

67 황야의 이리 헤세·김누리 옮김 노벨 문학상 수상 작가

68 페테르부르크 이야기 고골·조주관 옮김

69 밤으로의 긴 여로 오닐·민승남 옮김 노벨 문학상 수상 작가 | 미국대학위원회 선정 SAT 추천도서

70 체호프 단편선 체호프·박현섭 옮김

71 버스 정류장 가오싱젠·오수경 옮김 노벨 문학상 수상 작가

72 구운몽 김만중·송성욱 옮김 서울대 권장도서 100선 | 국립중앙도서관 선정 청소년 권장도서

73 대머리 여가수 이오네스코·오세곤 옮김

74 이솝 우화집 이솝·유종호 옮김 논술 및 수능에 출제된 책(1998~2005)

75 위대한 개츠비 피츠제럴드·김욱동 옮김 《타임》 선정 현대 100대 영문소설

76 푸른 꽃 노발리스·김재혁 옮김

77 1984 오웰·정회성 옮김 《타임》 선정 현대 100대 영문소설 | 《뉴스위크》 선정 100대 명저

78·79 영혼의 집 아옌데·권미선 옮김

80 첫사랑 투르게네프·이항재 옮김

81 내가 죽어 누워 있을 때 포크너·김명주 옮김 노벨 문학상 수상 작가

82 런던 스케치 레싱·서숙 옮김 노벨 문학상 수상 작가

83 팡세 파스칼·이환 옮김

84 질투 로브그리예·박이문, 박희원 옮김

85·86 채털리 부인의 연인 로렌스·이인규 옮김

87 그 후 나쓰메 소세키·윤상인 옮김

88 오만과 편견 오스틴·윤지관, 전승희 옮김 미국대학위원회 선정 SAT 추천도서

89·90 부활 톨스토이·연진희 옮김 논술 및 수능에 출제된 책(1998~2005)

91 방드르디, 태평양의 끝 투르니에·김화영 옮김

92 미겔 스트리트 나이폴·이상옥 옮김 노벨 문학상 수상 작가

93 뻬드로 빠라모 룰포·정창 옮김

94 **차라투스트라는 이렇게 말했다** 니체·장희창 옮김 국립중앙도서관 선정 청소년 권장도서

95·96 **적과 흑** 스탕달·이동렬 옮김 국립중앙도서관 선정 청소년 권장도서

97·98 **콜레라 시대의 사랑** 마르케스·송병선 옮김 노벨 문학상 수상 작가 | BBC 선정 꼭 읽어야 할 책

99 **맥베스** 셰익스피어·최종철 옮김 서울대 권장도서 100선 | 미국대학위원회 선정 SAT 추천도서

100 **춘향전** 작자 미상·송성욱 풀어 옮김 서울대 권장도서 100선

101 **페르디두르케** 곰브로비치·윤진 옮김

102 **포르노그라피아** 곰브로비치·임미경 옮김

103 **인간 실격** 다자이 오사무·김춘미 옮김

104 **네루다의 우편배달부** 스카르메타·우석균 옮김

105·106 **이탈리아 기행** 괴테·박찬기 외 옮김

107 **나무 위의 남작** 칼비노·이현경 옮김

108 **달콤 쌉싸름한 초콜릿** 에스키벨·권미선 옮김

109·110 **제인 에어** C. 브론테·유종호 옮김 BBC 선정 꼭 읽어야 할 책

111 **크눌프** 헤세·이노은 옮김 노벨 문학상 수상 작가

112 **시계태엽 오렌지** 버지스·박시영 옮김 《타임》 선정 현대 100대 영문소설 | 《뉴스위크》 선정 100대 명저

113·114 **파리의 노트르담** 위고·정기수 옮김 미국대학위원회 선정 SAT 추천도서

115 **새로운 인생** 단테·박우수 옮김

116·117 **로드 짐** 콘래드·이상옥 옮김 《뉴스위크》 선정 100대 명저

118 **폭풍의 언덕** E. 브론테·김종길 옮김 미국대학위원회 선정 SAT 추천도서

119 **텔크테에서의 만남** 그라스·안삼환 옮김 노벨 문학상 수상 작가

120 **검찰관** 고골·조주관 옮김

121 **안개** 우나무노·조민현 옮김

122 **나사의 회전** 제임스·최경도 옮김 미국대학위원회 선정 SAT 추천도서

123 **피츠제럴드 단편선 1** 피츠제럴드·김욱동 옮김

124 **목화밭의 고독 속에서** 콜테스·임수현 옮김

125 **돼지꿈** 황석영

126 **라셀라스** 존슨·이인규 옮김

127 **리어 왕** 셰익스피어·최종철 옮김 서울대 권장도서 100선 | 《뉴스위크》 선정 100대 명저

128·129 **쿠오 바디스** 시엔키에비츠·최성은 옮김 노벨 문학상 수상 작가

130 **자기만의 방·3기니** 울프·이미애 옮김

131 **시르트의 바닷가** 그라크·송진석 옮김

132 **이성과 감성** 오스틴·윤지관 옮김

133 **바덴바덴에서의 여름** 치프킨·이장욱 옮김

134 **새로운 인생** 파묵·이난아 옮김 노벨 문학상 수상 작가

135·136 **무지개** 로렌스·김정매 옮김

137 **인생의 베일** 서머싯 몸·황소연 옮김

138 **보이지 않는 도시들** 칼비노·이현경 옮김

139·140·141 **연초 도매상** 바스·이운경 옮김 《타임》 선정 현대 100대 영문소설

142·143 **플로스 강의 물방앗간** 엘리엇·한애경, 이봉지 옮김 미국대학위원회 선정 SAT 추천도서

144 **연인** 뒤라스·김인환 옮김

145·146 **이름 없는 주드** 하디·정종화 옮김

147 **제49호 품목의 경매** 핀천·김성곤 옮김 《타임》 선정 현대 100대 영문소설

148 성역 포크너 · 이진준 옮김 노벨 문학상 수상 작가 | 퓰리처상 수상 작가

149 무진기행 김승옥

150·151·152 신곡(지옥편·연옥편·천국편) 단테 · 박상진 옮김 《뉴스위크》 선정 100대 명저

153 구덩이 플라토노프 · 정보라 옮김

154·155·156 카라마조프가의 형제들 도스토옙스키 · 김연경 옮김

157 지상의 양식 지드 · 김화영 옮김 노벨 문학상 수상 작가

158 밤의 군대들 메일러 · 권택영 옮김 퓰리처상 수상 작가

159 주홍 글자 호손 · 김욱동 옮김 서울대 권장도서 100선 | 미국대학위원회 선정 SAT 추천도서

160 깊은 강 엔도 슈사쿠 · 유숙자 옮김

161 욕망이라는 이름의 전차 윌리엄스 · 김소임 옮김

162 마사 퀘스트 레싱 · 나영균 옮김 노벨 문학상 수상 작가

163·164 운명의 딸 아옌데 · 권미선 옮김

165 모렐의 발명 비오이 카사레스 · 송병선 옮김

166 삼국유사 일연 · 김원중 옮김 서울대 권장도서 100선

167 풀잎은 노래한다 레싱 · 이태동 옮김 노벨 문학상 수상 작가

168 파리의 우울 보들레르 · 윤영애 옮김

169 포스트맨은 벨을 두 번 울린다 케인 · 이만식 옮김

170 썩은 잎 마르케스 · 송병선 옮김 노벨 문학상 수상 작가

171 모든 것이 산산이 부서지다 아체베 · 조규형 옮김 《타임》 선정 현대 100대 영문소설

172 한여름 밤의 꿈 셰익스피어 · 최종철 옮김 미국대학위원회 선정 SAT 추천도서

173 로미오와 줄리엣 셰익스피어 · 최종철 옮김 미국대학위원회 선정 SAT 추천도서

174·175 분노의 포도 스타인벡 · 김승욱 옮김 노벨 문학상 수상 작가 | 《타임》 선정 현대 100대 영문소설

176·177 괴테와의 대화 에커만 · 장희창 옮김

178 그물을 헤치고 머독 · 유종호 옮김 《타임》 선정 현대 100대 영문소설

179 브람스를 좋아하세요... 사강 · 김남주 옮김

180 카타리나 블룸의 잃어버린 명예 하인리히 뵐 · 김연수 옮김 노벨 문학상 수상 작가

181·182 에덴의 동쪽 스타인벡 · 정회성 옮김 노벨 문학상 수상 작가

183 순수의 시대 워튼 · 송은주 옮김 《뉴스위크》 선정 100대 명저 | 퓰리처상 수상작

184 도둑 일기 주네 · 박형섭 옮김

185 나자 브르통 · 오생근 옮김

186·187 캐치-22 헬러 · 안정효 옮김 《타임》 선정 현대 100대 영문소설 | 《뉴스위크》 선정 100대 명저 | BBC 선정 꼭 읽어야 할 책

188 숄로호프 단편선 숄로호프 · 이항재 옮김 노벨 문학상 수상 작가

189 말 사르트르 · 정명환 옮김

190·191 보이지 않는 인간 엘리슨 · 조영환 옮김 《타임》 선정 현대 100대 영문소설

192 왑샷 가문 연대기 치버 · 김승욱 옮김 퓰리처상 수상 작가

193 왑샷 가문 몰락기 치버 · 김승욱 옮김 퓰리처상 수상 작가

194 필립과 다른 사람들 노터봄 · 지명숙 옮김

195·196 하드리아누스 황제의 회상록 유르스나르 · 곽광수 옮김

197·198 소피의 선택 스타이런 · 한정아 옮김 퓰리처상 수상 작가

199 피츠제럴드 단편선 2 피츠제럴드 · 한은경 옮김

200 홍길동전 허균 · 김탁환 옮김

201 요술 부지깽이 쿠버·양윤희 옮김

202 북호텔 다비·원윤수 옮김

203 톰 소여의 모험 트웨인·김욱동 옮김

204 금오신화 김시습·이지하 옮김

205·206 테스 하디·정종화 옮김 미국대학위원회 선정 SAT 추천도서 | BBC 선정 꼭 읽어야 할 책

207 브루스터플레이스의 여자들 네일러·이소영 옮김

208 더 이상 평안은 없다 아체베·이소영 옮김

209 그레인지 코플랜드의 세 번째 인생 워커·김시현 옮김 퓰리처상 수상 작가

210 어느 시골 신부의 일기 베르나노스·정영란 옮김

211 타라스 불바 고골·조주관 옮김

212·213 위대한 유산 디킨스·이인규 옮김 서울대 권장도서 100선 | BBC 선정 꼭 읽어야 할 책

214 면도날 서머싯 몸·안진환 옮김

215·216 성채 크로닌·이은정 옮김

217 오이디푸스 왕 소포클레스·강대진 옮김 서울대 권장도서 100선

218 세일즈맨의 죽음 밀러·강유나 옮김

219·220·221 안나 카레니나 톨스토이·연진희 옮김 서울대 권장도서 100선

222 오스카 와일드 작품선 와일드·정영목 옮김

223 벨아미 모파상·송덕호 옮김

224 파스쿠알 두아르테 가족 호세 셀라·정동섭 옮김 노벨 문학상 수상 작가

225 시칠리아에서의 대화 비토리니·김운찬 옮김

226·227 길 위에서 케루악·이만식 옮김 《타임》 선정 현대 100대 영문소설 | 《뉴스위크》 선정 100대 명저

228 우리 시대의 영웅 레르몬토프·오정미 옮김

229 아우라 푸엔테스·송상기 옮김

230 클링조어의 마지막 여름 헤세·황승환 옮김 노벨 문학상 수상 작가

231 리스본의 겨울 무뇨스 몰리나·나송주 옮김

232 뻐꾸기 둥지 위로 날아간 새 키지·정회성 옮김 《타임》 선정 현대 100대 영문소설

233 페널티킥 앞에 선 골키퍼의 불안 한트케·윤용호 옮김 노벨 문학상 수상 작가

234 참을 수 없는 존재의 가벼움 쿤데라·이재룡 옮김

235·236 바다여, 바다여 머독·최옥영 옮김

237 한 줌의 먼지 에벌린 워·안진환 옮김 《타임》 선정 현대 100대 영문소설

238 뜨거운 양철 지붕 위의 고양이·유리 동물원 윌리엄스·김소임 옮김 퓰리처상 수상작

239 지하로부터의 수기 도스토옙스키·김연경 옮김

240 키메라 바스·이운경 옮김

241 반쪼가리 자작 칼비노·이현경 옮김

242 벌집 호세 셀라·남진희 옮김 노벨 문학상 수상 작가

243 불멸 쿤데라·김병욱 옮김

244·245 파우스트 박사 토마스 만·임홍배, 박병덕 옮김 노벨 문학상 수상 작가

246 사랑할 때와 죽을 때 레마르크·장희창 옮김

247 누가 버지니아 울프를 두려워하랴? 올비·강유나 옮김

248 인형의 집 입센·안미란 옮김

249 위폐범들 지드·원윤수 옮김 노벨 문학상 수상 작가

250 무정 이광수·정영훈 책임 편집 서울대 권장도서 100선

251·252 의지와 운명 푸엔테스·김현철 옮김

253 폭력적인 삶 파솔리니·이승수 옮김

254 거장과 마르가리타 불가코프·정보라 옮김

255·256 경이로운 도시 멘도사·김현철 옮김

257 야곱을 둘러싼 추측들 욘존·손대영 옮김

258 왕자와 거지 트웨인·김욱동 옮김

259 존재하지 않는 기사 칼비노·이현경 옮김

260·261 눈먼 암살자 애트우드·차은정 옮김 《타임》 선정 현대 100대 영문소설

262 베니스의 상인 셰익스피어·최종철 옮김

263 말리나 바흐만·남정애 옮김

264 사볼타 사건의 진실 멘도사·권미선 옮김

265 뒤렌마트 희곡선 뒤렌마트·김혜숙 옮김

266 이방인 카뮈·김화영 옮김 노벨 문학상 수상 작가 | 미국대학위원회 선정 SAT 추천도서

267 페스트 카뮈·김화영 옮김 노벨 문학상 수상 작가 | 국립중앙도서관 선정 청소년 권장도서

268 검은 튤립 뒤마·송진석 옮김

269·270 베를린 알렉산더 광장 되블린·김재혁 옮김

271 하얀 성 파묵·이난아 옮김 노벨 문학상 수상 작가

272 푸슈킨 선집 푸슈킨·최선 옮김

273·274 유리알 유희 헤세·이영임 옮김 노벨 문학상 수상 작가

275 픽션들 보르헤스·송병선 옮김 서울대 권장도서 100선

276 신의 화살 아체베·이소영 옮김

277 빌헬름 텔·간계와 사랑 실러·홍성광 옮김

278 노인과 바다 헤밍웨이·김욱동 옮김 노벨 문학상 수상 작가 | 퓰리처상 수상작

279 무기여 잘 있어라 헤밍웨이·김욱동 옮김 미국대학위원회 선정 SAT 추천도서

280 태양은 다시 떠오른다 헤밍웨이·김욱동 옮김 《타임》 선정 현대 100대 영문 소설

281 알레프 보르헤스·송병선 옮김

282 일곱 박공의 집 호손·정소영 옮김

283 에마 오스틴·윤지관, 김영희 옮김

284·285 죄와 벌 도스토옙스키·김연경 옮김 미국대학위원회 선정 SAT 추천도서

286 시련 밀러·최영 옮김

287 모두가 나의 아들 밀러·최영 옮김

288·289 누구를 위하여 종은 울리나 헤밍웨이·김욱동 옮김 노벨 문학상 수상 작가

290 구르브 연락 없다 멘도사·정창 옮김

291·292·293 데카메론 보카치오·박상진 옮김

294 나누어진 하늘 볼프·전영애 옮김

295·296 제브데트 씨와 아들들 파묵·이난아 옮김 노벨 문학상 수상 작가

297·298 여인의 초상 제임스·최경도 옮김 미국대학위원회 선정 SAT 추천도서

299 압살롬, 압살롬! 포크너·이태동 옮김 노벨 문학상 수상 작가

300 이상 소설 전집 이상·권영민 책임 편집

301·302·303·304·305 레 미제라블 위고·정기수 옮김

306 관객모독 한트케·윤용호 옮김 노벨 문학상 수상 작가

307 더블린 사람들 조이스·이종일 옮김

308 에드거 앨런 포 단편선 앨런 포·전승희 옮김 미국대학위원회 선정 SAT 추천도서

309 보이체크·당통의 죽음 뷔히너·홍성광 옮김

310 노르웨이의 숲 무라카미 하루키·양억관 옮김

311 운명론자 자크와 그의 주인 디드로·김희영 옮김

312·313 헤밍웨이 단편선 헤밍웨이·김욱동 옮김 노벨 문학상 수상 작가

314 피라미드 골딩·안지현 옮김 노벨 문학상 수상 작가

315 닫힌 방·악마와 선한 신 사르트르·지영래 옮김

316 등대로 울프·이미애 옮김 《타임》 선정 현대 100대 영문소설 | 《뉴스위크》 선정 100대 명저

317·318 한국 희곡선 송영 외·양승국 엮음

319 여자의 일생 모파상·이동렬 옮김

320 의식 노터봄·김영중 옮김

321 육체의 악마 라디게·원윤수 옮김

322·323 감정 교육 플로베르·지영화 옮김

324 불타는 평원 룰포·정창 옮김

325 위대한 몬느 알랭푸르니에·박영근 옮김

326 라쇼몬 아쿠타가와 류노스케·서은혜 옮김

327 반바지 당나귀 보스코·정영란 옮김

328 정복자들 말로·최윤주 옮김

329·330 우리 동네 아이들 마흐푸즈·배혜경 옮김 노벨 문학상 수상 작가

331·332 개선문 레마르크·장희창 옮김

333 사바나의 개미 언덕 아체베·이소영 옮김

334 게걸음으로 그라스·장희창 옮김 노벨 문학상 수상 작가

335 코스모스 곰브로비치·최성은 옮김

336 좁은 문·전원교향곡·배덕자 지드·동성식 옮김 노벨 문학상 수상 작가

337·338 암 병동 솔제니친·이영의 옮김 노벨 문학상 수상 작가

339 피의 꽃잎들 응구기 와 시옹오·왕은철 옮김

340 운명 케르테스·유진일 옮김 노벨 문학상 수상 작가

341·342 벌거벗은 자와 죽은 자 메일러·이운경 옮김 퓰리처상 수상 작가

343 시지프 신화 카뮈·김화영 옮김 노벨 문학상 수상 작가

344 뇌우 차오위·오수경 옮김

345 모옌 중단편선 모옌·심규호, 유소영 옮김 노벨 문학상 수상 작가

346 일야서 한사오궁·심규호, 유소영 옮김

347 상속자들 골딩·안지현 옮김 노벨 문학상 수상 작가

348 설득 오스틴·전승희 옮김

349 히로시마 내 사랑 뒤라스·방미경 옮김

350 오 헨리 단편선 오 헨리·김희용 옮김

351·352 올리버 트위스트 디킨스·이인규 옮김

353·354·355·356 전쟁과 평화 톨스토이·연진희 옮김

357 다시 찾은 브라이즈헤드 에벌린 워·백지민 옮김

358 아무도 대령에게 편지하지 않다 마르케스·송병선 옮김

359 사양 다자이 오사무·유숙자 옮김

360 좌절 케르테스·한경민 옮김 노벨 문학상 수상 작가

361·362 닥터 지바고 파스테르나크 · 김연경 옮김 노벨 문학상 수상 작가

363 노생거 사원 오스틴 · 윤지관 옮김

364 개구리 모옌 · 심규호, 유소영 옮김 노벨 문학상 수상 작가

365 마왕 투르니에 · 이원복 옮김 공쿠르상 수상 작가

366 맨스필드 파크 오스틴 · 김영희 옮김

367 이선 프롬 이디스 워튼 · 김욱동 옮김 퓰리처상 수상 작가

368 여름 이디스 워튼 · 김욱동 옮김 퓰리처상 수상 작가

369·370·371 나는 고백한다 자우메 카브레 · 권가람 옮김

372·373·374 태엽 감는 새 연대기 무라카미 하루키 · 김연경 옮김

375·376 대사들 제임스 · 정소영 옮김

377 족장의 가을 마르케스 · 송병선 옮김 노벨 문학상 수상 작가

378 핏빛 자오선 매카시 · 김시현 옮김

379 모두 다 예쁜 말들 매카시 · 김시현 옮김

380 국경을 넘어 매카시 · 김시현 옮김

381 평원의 도시들 매카시 · 김시현 옮김

382 만년 다자이 오사무 · 유숙자 옮김

383 반항하는 인간 카뮈 · 김화영 옮김 노벨 문학상 수상 작가

384·385·386 악령 도스토옙스키 · 김연경 옮김

387 태평양을 막는 제방 뒤라스 · 윤진 옮김

388 남아 있는 나날 가즈오 이시구로 · 송은경 옮김

389 앙리 브륄라르의 생애 스탕달 · 원윤수 옮김

390 찻집 라오서 · 오수경 옮김

391 태어나지 않은 아이를 위한 기도 케르테스 · 이상동 옮김 노벨 문학상 수상 작가

392·393 서머싯 몸 단편선 서머싯 몸 · 황소연 옮김

394 케이크와 맥주 서머싯 몸 · 황소연 옮김

395 월든 소로 · 정회성 옮김

396 모래 사나이 E. T. A. 호프만 · 신동화 옮김

397·398 검은 책 오르한 파묵 · 이난아 옮김 노벨 문학상 수상 작가

399 방랑자들 올가 토카르추크 · 최성은 옮김 노벨 문학상 수상 작가

400 시여, 침을 뱉어라 김수영 · 이영준 엮음

401·402 환락의 집 이디스 워튼 · 전승희 옮김

403 달려라 메로스 다자이 오사무 · 유숙자 옮김

404 아버지와 자식 투르게네프 · 연진희 옮김

405 청부 살인자의 성모 바예호 · 송병선 옮김

406 세피아빛 초상 아옌데 · 조영실 옮김

407·408·409·410 사기 열전 사마천 · 김원중 옮김 서울대 권장도서 100선

411 이상 시 전집 이상 · 권영민 책임 편집

412 어둠 속의 사건 발자크 · 이동렬 옮김

413 태평천하 채만식 · 권영민 책임 편집

414·415 노스트로모 콘래드 · 이미애 옮김

416·417 제르미날 졸라 · 강충권 옮김

418 명인 가와바타 야스나리 · 유숙자 옮김 노벨 문학상 수상 작가

419 핀처 마틴 골딩 · 백지민 옮김 노벨 문학상 수상 작가

세계문학전집은 계속 간행됩니다.